U0015658

愛麗絲Online
01
紅心篇
著｜草草泥
繪｜SIBYL

目錄

序 愛麗絲墜入了夢鄉

「生日快樂！」

深夜，在一所大學的某個角落裡，響起一陣開心的呼喊。

幾支插在蛋糕上的蠟燭靜靜燃燒著，蛋糕擺放處的正前方站著一名青年，他的身旁圍繞著許多人。

「曦曦學長快許願！有三個願望，最後一個記得別說出來。」

在眾人的簇擁下，被稱呼爲曦曦的青年露出燦爛的笑容，裝模作樣地思考了一會，開口說：「那第一個願望，就是希望大家期末都能ALL PASS！」

這番話又引來熱烈的歡呼，但也有人吐槽他少假惺惺。聞言，青年笑著說出第二個願望：「那第二個願望就祝我自己賺大錢好啦，夠眞實了吧，誰不想賺大錢啊？」

「好好好，最後一個。」他的一位朋友替他端起蛋糕。「想好了嗎，曦曦？」

「嗯。」青年認眞地點點頭，他注視著在黑暗中搖曳的燭光，像是對待珍寶似的，愼重地吹熄。

「哇啊……這些人也太過分了吧，這得洗到什麼時候啊？」江牧曦站在浴室的鏡子前，哭笑不得看著鏡中幾乎滿身都是刮鬍泡的自己。

他的好友們非常夠意思，在他吹完蠟燭的下一秒，一大堆刮鬍泡便撲天蓋地朝他抹來，躲都躲不掉。奮戰到最後，他仍是所有人之中下場最淒慘的一個，走回家的路上引來不少路人側目。

此時，放在桌上的手機響起，他把手洗了洗接聽電話，順便按下擴音。

「二十歲生日快樂喔，曦曦。」溫和悅耳的女聲從手機傳出。

「謝啦，姊，不過我的生日好像已經過去兩個小時了。」

「真的嗎？」他的姊姊輕笑幾聲。「才過兩小時，我親愛的弟弟會原諒我的，對吧？而且我早就為你準備好生日禮物了，你收到了嗎？」

「哦哦，收到了。」江牧曦望向散亂在桌上的各式禮物盒，禮物堆的上方放了一頂VR頭盔，還有一張遊戲的序號卡。「妳怎麼送VR頭盔給我？那不是玩什麼全息網遊的必備物品嗎？妳要我去玩網遊？」

「是啊，你不知道嗎？最近有款很紅的網路遊戲叫《愛麗絲Online》，很多人在玩喔！」

「《愛麗絲Online》？」江牧曦茫然了。

「這是目前最熱門的虛擬實境網遊，以《愛麗絲夢遊仙境》為藍本，玩家可以自由地在紅心城、茶會森林、棋盤城等地圖探險，而書裡的知名角色都化為了職業，像是火力強大的帽匠——」

「等等，我怎麼不知道妳有在玩線上遊戲？姊，妳什麼時候這麼宅了？」江牧曦汗顏了，印象中他姊姊應該跟他一樣，是個社交活動頻繁的人，怎麼會有時間玩遊戲？

「你真是落伍了，現在的網遊人人都能輕鬆玩，因爲可以邊睡覺邊玩，就像作夢一樣。」

「原來如此……」江牧曦明白了，畢竟無論再忙，也總得睡覺。這下他來了興趣，這可是名副其實的夢遊仙境了。

「總之，晚上創好角色記得密我，我的ID是莉莉西亞。」

江牧曦隨口應了聲，兩人又閒聊幾句便結束通話。把一身的刮鬍泡洗掉後，他坐在床上，審視著那頂奇怪的頭盔。

「眞有這麼神奇？」他喃喃著戴上VR頭盔。

網遊他不是沒玩過，不過已經是好幾年前的事了。睡前他查了下遊戲介紹，《愛麗絲Online》確實是當前十分火紅的遊戲，主打高自由度的系統、豐富的技能類型與逼眞的夢幻場景，這讓江牧曦更加感到好奇。

「來吧，遊戲開始。」他按下啟動鈕，意識進入另一個世界中——

江牧曦在下墜。

他置身於洞穴裡，這個洞穴相當深，四周還有各類廚具、家具、書本與食物等物品跟著他往下掉。由於這是《愛麗絲夢遊仙境》中的經典場景，所以他並不覺得驚訝。

他以爲這是遊戲的讀檔畫面，但已經過了三分鐘，花費的時間似乎太長了點。

「怎麼回事……伺服器爆了嗎？喂——」

「吵死了！」一隻穿著英國紳士服的白兔從空中落下，怒斥一聲。白兔看著手中的懷表，不耐煩地說：「要遲到了要遲到了，快！設定角色！給你三分鐘！」

「等等，設定角色？這裡是設定角色的畫面？」江牧曦瞠目結舌地環顧身周，這設計對有懼高症的人而言也太不友善了，一邊跳樓一邊設定角色，除了愛麗絲，這事大概還眞沒多少人做得出來。

「有什麼職業？」江牧曦很快接受了狀況，誰叫這是網遊呢？摔死大不了回重生點就是。

「愛麗絲、帽匠、三月兔、睡鼠、紅心女王、紅心騎士、白兔、毛蟲、柴郡貓、白皇后、白騎士。」白兔急促地說。「十一種職業，快選！沒時間了！」

「噢……那愛麗絲好了。」事實上，江牧曦根本不知道每個職業的特色，他向來隨興，以往玩網遊也沒有特別偏好的職業。他之所以選擇這個職業，只是因爲故事的主角是愛麗絲，他覺得也許以愛麗絲的視角來探索遊戲世界會比較有趣。

「外貌外貌！還有ID，快！」

他因爲這NPC（注1）的急性子而無言了一會，隨後說：「外貌按原本的樣子，不過改成金髮好了。」

要當愛麗絲就當得像一點，他是這麼想的。

接著他便看見眼前出現一名跟他模樣相同的青年，只是一頭短髮變成了漂亮的金色。他身穿白色襯衫，胸前繫了個簡單的藍色小蝴蝶結，配上藍色長褲與短靴，見狀，江牧曦鬆了口氣。這遊戲還是有些人性的，沒讓他這個男人穿什麼洋裝與圍裙。

「IDID！」白兔不耐煩地催促。

「愛麗……嗯……艾利西好了。」

「還有要改的地方嗎？下好離手！」

「就這樣吧。」

「那你要選哪座城當起始點？『紅心城』是白兔、紅心騎士、紅心女王的起

注1 NPC：指遊戲中非由玩家所操控的角色。NPC通常是爲了某種目的而存在，例如發布任務給玩家、販售各種遊戲道具或裝備，多半會有固定的臺詞。

始點，『棋盤城』是白皇后、白騎士的起始點，『茶會森林』是帽匠、睡鼠、三月兔、毛蟲、柴郡貓的起始點，而愛麗絲可以選擇任何一座城作爲自己的起始點。」

「隨便，我沒意見。」

「那就紅心城，沒得反悔啦！不見不散！再見！」白兔飛快地說完，隨手在空中開了扇門離去，模樣之匆忙活像是嫌棄江牧曦占用他的時間。

「喂！等等，你沒告訴我要如何離開這裡啊！」江牧曦慌亂地望了一眼腳下，還來不及慘叫，人就直接摔到地面上，血條瞬間歸零，眼前也暗了下來。

系統提示：恭喜玩家艾利西達成成就「摔死於兔子洞」，獲得稱號「第一次摔兔子洞就上手」。

「……」

Chapter 1 夢遊玫瑰與時間之城

重生後的艾利西睜開雙眼，隨即因爲眼前春光明媚的景色而呆愣在原地。

他站在中世紀歐洲風格的街道上。

石磚路兩旁一幢幢精緻的歐風洋房排列得井然有序，每幢洋房的前院都栽著盛開的玫瑰，各色玫瑰攀上籬笆，散發迷人的香氣，恰到好處地點綴在城鎮的每個角落，多而不氾濫。

而洋房上也開滿了玫瑰，有的花朵簇擁於紅磚色的屋頂，優雅地垂墜下來，有的則蔓延過洋房大門、閣樓的白色格子窗、洋房外的走廊，一朵朵玫瑰或比鄰而開，或各據一角，十分和諧。

此時一陣風吹過，掀起漫天花瓣，玫瑰細雨伴隨著高雅的花香在街上飄散，場景無比唯美浪漫。

「這裡就是……紅心城？」艾利西低喃。他覺得比起紅心城，不如說這裡是玫瑰之城更貼切，玫瑰都要占據整個城鎮了。

不少玩家有說有笑地走在街上，多半是穿戴紅色鎧甲的紅心騎士，與身著紅色洋裝的紅心女王，也不乏頂著兔耳的人。偶爾有幾個其他職業的玩家，不過還是以穿紅色服飾的玩家居多數。除了身著盔甲的騎士，大部分的玩家都穿著防禦力看起來不怎麼樣，注重美觀的歐式紳士淑女服，有的女王玩家更是一襲裙襬長到拖地的華麗禮服。

艾利西緩步踏上街道，發現這座城鎮還有其他特殊之處——每走一段路，就會看見一個時鐘。有的固定在路燈柱的頂端，有的掛在洋房外牆，有時還會在石磚地上看見時鐘的投影。當他走到一處十字路口時，發現路標頂端也鑲著時鐘。

「快！快三點了，要來不及了！」一群玩家提著武器狂奔而過。

「我看我們等三點半吧？時間太趕了。」另一群玩家站在路標旁討論。

艾利西望著趕時間的玩家們，忍不住問了一句：「怎麼回事，三點怎麼了嗎？還有，為什麼這裡到處都是時鐘？」

「新來的？」路標旁那群玩家們見他呆頭呆腦的樣子，都笑了。「在紅心城一定會看到追著時間跑的玩家，學著習慣吧。」

此時，鐘聲從遠方攀滿玫瑰的鐘塔傳來，像是在提醒玩家們時間無所不在。

「要說為什麼，就是因為那個啊。」見艾利西仍一臉茫然，其中一名玩家指向他身後。

艾利西轉過身，望見了一座灰色城堡。城堡的所在地和他們有好一段距離，最高的塔樓上也鑲著一個時鐘。

「那裡是紅心副本（注2），你遲早會玩到的。我們先走一步啦。」說完，路標旁的玩家們往紅心城堡而去，留下依舊一頭霧水的艾利西。

他想再找個人問問，卻不清楚在全息網遊裡要怎麼用密語功能。

「唉，我連密語都不知道該怎麼——哇啊！」

一個半透明的懸浮大視窗忽然出現在他眼前，就像鍵盤網遊中常見的對話視窗，而且系統還貼心地幫他切換至密語頻道。

於是他很快密了自家親姊。

【密語】莉莉西亞：曦曦嗎？你選愛麗絲呀，我等等過去。你在哪？

【密語】艾利西：紅心城。姊妳快來，這地方好奇怪。

他發去一個哭哭的表符，在莉莉西亞要他報上座標後，過沒多久兩名玩家便來到他身邊。

注2　副本：遊戲中特殊的獨立地圖。當玩家或隊伍進入副本後，就等同於進入一個專屬的獨立地圖，不同的玩家或隊伍在副本中不會看到或遇見彼此，也不能互相支援。達成副本指定的通關條件後，副本內的玩家們便會移動回原本的共用地圖。

來者是一男一女，女方穿著典雅的純白洋裝，頭戴后冠，氣質溫柔嫻靜，配上那對水潤的眸子，是個讓人眼睛一亮、我見猶憐的美女；而她的旁邊則是一名穿紅盔甲的騎士，艾利西打量了下，瞬間感到視覺疲勞。

街上有那麼多紅心騎士，也沒一個讓他有這種感覺，偏偏這個人眞的是怎麼看怎麼傷眼。

這款遊戲的服裝選擇十分多樣化，且顏色可以自行調整，只要符合各個職業的基本要求，怎麼換都沒問題。由於服裝設計上重視美觀度，因此幾乎人人都穿得不像是能打怪的樣子，女裝華麗、男裝紳士，只有騎士職業多了盔甲可以選。

但其實服飾外觀並不影響性能，即使只穿一條破布，只要防禦數值夠高，就是神裝。畢竟這是個由數據構成的世界，裝備的實際防禦效果不是看外表，而是看數值來決定的。

每個職業的服裝基本要求不同，例如紅心女王穿的衣服一定要是紅色系，如果全身都是白色，那乾脆叫白皇后算了；而愛麗絲則要求衣服得是藍色系，也並未限制款式。至於帽匠一職對於服裝顏色沒有特別要求，只規定必須戴著高禮帽。

作爲注定終生被紅色詛咒的職業，眼前這位紅心騎士硬是選了亮紅色的盔甲，而且沒有搭配其他顏色調和，全身一系列的亮紅。更讓人傻眼的是，他還手持一面亮瞎人的紅色大盾牌。

紅心騎士奇特的品味吸引了不少目光，縱使紅心城本來就有不少紅心騎士，穿成這樣也算是奇葩了。

「看，是眞正的紅心騎士。」一名穿戴暗紅鎧甲、披著黑色披風的紅心騎士玩家用手肘頂了頂身邊的貓耳友人，指著亮紅騎士竊竊私語。

一瞬間，艾利西有點不想承認這兩人是來找他的。

「姊……妳帶朋友來啊？」他無奈地看向自己的姊姊。

莉莉西亞開心地笑了。「對呀，這是我們公會的人，叫蘭斯洛特。」

蘭斯洛特？你對得起蘭斯洛特這個名字嗎！

艾利西一邊在內心吐槽，一邊若無其事地微笑問好：「你好，蘭斯洛特，我是艾利西。」

想不到，蘭斯洛特卻哼了一聲，態度敷衍地回應。艾利西敢打賭，若不是莉莉西亞在，蘭斯洛特根本懶得跟他打招呼。

莉莉西亞似乎沒察覺到他們之間尷尬的氣氛，還高興地問蘭斯洛特：「我弟弟很帥對吧？這傢伙從小就非常受女孩子歡迎，情人節時巧克力從沒少收過。」

蘭斯洛特的臉色難看了幾分，他上下打量了艾利西一番，隨口回了句：「馬馬虎虎。」

對蘭斯洛特這種漢子來說，艾利西的型他怎麼看都不順眼。說外表嘛，確實有幾分帥氣，艾利西不高也不矮，長得頗爲俊秀，那雙眼睛彷彿會電人一般，帶著淘氣的靈光。整體來說是討人喜歡的陽光型帥哥，但在蘭斯洛特眼裡就是個小白臉。

沒錯，蘭斯洛特認爲，艾利西看起來就是會頂著這張臉招搖撞騙的小白臉。

「紅心城是玫瑰與時間之城，你待在街道上看不出什麼名堂的，來吧，我帶你去瞧瞧紅心城的全貌。」語畢，莉莉西亞叫出自己的物品欄飛快點了幾下，一隻巨大的白鴿瞬間出現在他們身旁。

艾利西嚇了一大跳，白鴿好奇地瞧了瞧他。莉莉西亞與蘭斯洛特跳到白鴿背上坐好，並要他也趕快上來。艾利西坐到莉莉西亞身後（這讓原本坐在莉莉西亞後方的蘭斯洛特很不高興），接著白鴿一振翅，飛向了高空。

環顧四周，艾利西一時說不出話，整個人沉浸在壯麗的景色中。

玫瑰與時間之城這個稱呼一點也不假，整座紅心城就是一個巨大的時鐘。

紅心城的格局是圓形，中央爲紅心城堡。美麗莊嚴的城堡座落在由紅色玫瑰花叢構築而成的巨大圓圈迷宮內，迷宮共有十二個入口，就像是對應著時鐘的十二個數字，而以圓圈迷宮爲中心，整座紅心城也被平均地劃分爲十二個區域。

在那些豔紅的玫瑰之中，點綴著整齊綻放的白玫瑰，從上空俯瞰會發現白玫瑰叢有如兩道指針。隨著時間流逝，迷宮裡的玫瑰會跟著變換顏色，令白玫瑰指針看起來彷彿眞的在移動一般。

「玫瑰迷宮就是紅心城的副本。」莉莉西亞說。「紅心城分成十二個區域，我們剛剛在六區，等等先一起去接任務，再從二區出城練等，副本要十等以上才能進入。」

「好漂亮……」艾利西忍不住讚嘆出聲，這座城鎮實在太夢幻唯美，即使不去練等打怪，光只是在此欣賞美景也值回票價。

「對吧，另外兩個起始點也很漂亮。」像在炫耀自家孩子似的，莉莉西亞的語氣有些得意洋洋。「走吧，還要很多事要做呢！」

在莉莉西亞的帶領下，艾利西向NPC接了任務，當看到主線任務的NPC又是那隻白兔時，他驚訝了一下，而白兔把任務丟給他後，再度嫌他占用時間而把他趕開。

艾利西才剛轉過身，便看見一群玩家騎著老鼠朝副本飛奔過去，嘴上還喊著：「快來不及了！」

他十分無語，這紅心城裡無論是NPC還是玩家都急急忙忙的。

他跟莉莉西亞與蘭斯洛特組了隊，來到城外。紅心城外是廣闊得不見邊際的森林，在一隻身長將近一尺的蜥蜴從旁邊爬過之後，艾利西才驚覺自己不知道該怎麼打怪。

「你剛剛不是有從白兔那裡領到新手練功包嗎？」莉莉西亞開口提醒，艾利西連忙打開禮包，幾樣東西蹦出。

初級紅藥水五瓶、初級藍藥水五瓶、經驗加成卷軸一個、紅鶴一隻。

「呃……紅鶴？」艾利西愣愣地拿起紅鶴。

模樣栩栩如生的紅鶴直挺挺地被他握在手中，像是已經放進冷藏庫冰了三天三夜，相當僵硬。即使被握著腳高舉起，紅鶴仍維持著一號表情。

「這是愛麗絲的專用武器。」莉莉西亞說明，她早就看慣這類景象，不太明白為何艾利西會傻成這樣。

「所以愛麗絲都是用這個紅鶴……呃，這個武器，打怪？」艾利西問，順手敲了旁邊的小老鼠一下，老鼠氣得不斷用前腳抓他的褲管，過了將近十秒鐘，艾利西才看見系統提示——

你受到傷害，HP-1

他再度輕輕敲了老鼠幾下，老鼠發出一陣長嚎倒在地上。

「……」

他傻眼了一會兒，叫出技能介面。

琳瑯滿目的技能展示在他眼前，最基本的技能在下方，越往上方技能越專精，也越複雜。由易至難的各式技能彼此串聯在一起，乍看之下有如延伸出許多枝條的大樹，形成了所謂的技能樹。

在《愛麗絲Online》中，玩家除了會看到自身職業的技能樹，還會看見副修技能的技能樹。艾利西的正前方便是愛麗絲的技能樹，技能分成了三條路線，分別是「變大」、「變小」、「紅鶴」。

先不提變大變小這莫名其妙的技能，艾利西更在意中間那條名爲紅鶴的路線。這到底是什麼鬼東西？

遊戲裡的技能發展都是隱藏起來的，玩家必須一步一步學習技能，才能慢慢得知後面的技能。由於艾利西還沒學任何技能，所以自然也無法知曉紅鶴路線的後續發展。

「愛麗絲分爲三條成長路線，一般玩家都會點變大或變小這兩條路線。變大路線追求強大的破壞力，對於清群怪很有用，也能與大型BOSS正面PK（注3）。變小路線則追求精準，身形嬌小容易閃躲攻擊，可以針對BOSS的弱點部位造成傷害，簡單來說就像蟻人一樣。」

「了解。」本來艾利西還眞不明白變小能幹麼，現在聽起來倒是挺有意思。

注3 PK：Player Killing，指玩家與玩家之間的戰鬥。

「至於紅鶴這條路十分需要技術，是適合高手玩家的路線。說真的，我也沒弄懂過紅鶴愛麗絲在做什麼，主攻紅鶴路線的愛麗絲不多。」莉莉西亞偏了偏頭。「之前看過一個紅鶴愛麗絲，啪啪啪的三兩下就把一堆玩家打趴了，她的紅鶴還根本沒碰到任何人。」

「技術好上天堂，技術差下地獄，勸你不要浪費AP，洗技能很貴的。」一旁的蘭斯洛特涼涼地說。

在遊戲中，想學習與強化新的技能都需要消耗AP，也就是能力點數。越是強大高階的技能，消耗的AP也越多，而如果學錯技能或者想重新來過，可以選擇洗掉所有技能，系統將會把AP歸還給玩家，只不過得去商城購買價格不菲的技能還原卷軸。

思考著技能路線時，艾利西的眼角餘光瞄到一個東西。愛麗絲的技能樹旁有一棵較小的技能樹，他點開查看，這棵技能樹的名字同樣很莫名其妙——丟石。

「這又是啥？」

「這是每個玩家的共通技能喔！」莉莉西亞開心地說。「這個技能非常實用，近戰系玩家可以藉由丟石進行遠距離攻擊，而像我們白皇后這樣沒有太多攻擊手段的補師，也能利用丟石做出多樣化的攻擊。」

說著，莉莉西亞隨手將一顆石頭丟向某棵樹。「砰」一聲，整棵樹劇烈搖動，石頭硬生生嵌進了樹幹。

「……」

「丟東西是這個遊戲的特殊文化，無論何時被丟、無論看到別人丟什麼，都不用太驚訝，在競技場也常見有人開丟石**PK**房。」

艾利西懵懂地點點頭，這遊戲也太多不合常理的設定了，到底都是些什麼東西？他以前玩過的網遊根本沒什麼變大變小這類技能，更別說紅鶴了。揮舞一隻紅鶴會很需要技術？

「我想……我還要花一段時間想想，才能決定走什麼路線。」

「沒關係的，我們先練等，有蘭斯洛特在，可以去怪物強一點的地方。」

聞言，蘭斯洛特的臉色更加不善，但還是沒說什麼。艾利西知道爲何莉莉西亞會帶蘭斯洛特來，說白了就是要給他吸經驗值好快點升等，但這人擺明不太想讓他占便宜，看樣子又是一個爲了追求莉莉西亞而妥協的傢伙。

「我先介紹一下我們的職業，我的白皇后是負責治療的補師，蘭斯洛特是以防禦爲主的紅心騎士，也就是所謂的坦(注4)。」

注4　坦：即坦克(tank)，又稱肉盾。在戰鬥中負責吸引敵方的火力以保護隊友，並讓己方打手能夠專心輸出攻擊，因此通常血量多、防禦力高。

其實不需要介紹，艾利西也看得出來，那面盾牌都要亮瞎他的眼了。那盾牌根本附加致盲效果，光是舉起來就能吸引百分之五十的仇恨。

他們離開原先所在的低等練功區，來到一條河流旁。各式各樣的鳥類與小動物在這裡棲息、喝水，場景相當溫馨和平，然而當蘭斯洛特一劍刺死一隻鴨子後，童話般的美好世界立刻變調。

即使眼前都是些看起來溫和可親的小動物，蘭斯洛特仍絲毫沒有留情，長劍一掃濺起一片血花，當怪物們追過來時他拔腿急奔，又砍向另一群怪，轉眼間身後就拖了一票恨不得咬死他的小動物。不過或許是怪太可愛了，艾利西依然覺得畫面很和諧，彷彿動物大遊行。

他沒打算只靠蘭斯洛特刷經驗值，於是看準了一隻有他一半高的白鵝，舉起紅鶴砍了下去。說時遲那時快，白鵝突然伸出雙翅夾住紅鶴的脖子，來了個空手奪白刃。而後白鵝目露凶光，一抬翅膀揮過來，勢頭之猛讓艾利西嚇得來不及反應，眼睜睜被揮中，血量立刻扣了三十。

開什麼玩笑，也太痛了吧！他的血量總共才一百五十啊！瞧白鵝凶狠的模樣，要被剁成料理的人根本是他才對，他跟蘭斯洛特面對的真的是同一種東西嗎？

艾利西驚恐萬分地後退，白鵝卻再度衝上來，啪啪啪甩了他好幾巴掌，所幸在他的視線即將轉暗前，一顆石頭擦過他的臉龐，準確地砸中了白鵝的肚子。

白鵝倒在地上，接著又是好幾顆石頭往牠身上砸，過沒多久，白鵝哀號一聲，終於被擊倒。

艾利西望向方才拚命朝牠丟石頭的莉莉西亞，一時無語。丟石技能還眞是意外地實用，連補師都能變得暴力。

「這裡的怪對西西來說好像太強了一點，今天先隨便打打吧，交給蘭斯洛特刷經驗。」

「好吧。」艾利西一邊心想蘭斯洛特對自己的仇恨值又要增加了，一邊開啟物品欄，本想取出幾瓶紅水以備不時之需，卻意外發現欄位中多了一樣東西——丟石技能書：鵝毛。

「這是什麼？」他指著那本技能書。

「噢，除了石頭，想丟其他東西的話無法透過技能樹習得，必須經由各種管道取得丟石技能書，例如打怪、打副本、解任務之類都可以獲得，偶爾官方會舉辦活動，也有機會取得活動獨有的丟石技能書。」

艾利西拿出鵝毛技能書，才一翻開，書本便消失在手中。

系統提示：您已學會丟鵝毛。

他抬手揮了一把，十幾根鵝毛緩緩飄落。

「……」

這玩意兒還浪費他一點AP，他可以反悔嗎？

後來，儘管艾利西很努力地嘗試用紅鶴打怪，最後仍以失敗告終。那些可愛的小東西動作出乎意料靈活，他拿著紅鶴揮來揮去，怎樣都打不到，往往要揮第二下時，小動物早已衝上來踢了他好幾腳，不少次都是在莉莉西亞的補血外加丟石助攻下撿回一條命。

見狀，莉莉西亞表示他大概不適合走紅鶴路線，蘭斯洛特更是毫不留情地要他重創角色。

「身為愛麗絲卻不會用紅鶴打怪，我看你還是玩紅心女王，舉著權杖在那放放魔法就好了。」看著血量再度瀕臨見底的艾利西，蘭斯洛特滿臉鄙視。

「別這樣嘛，這裡的怪對西西來說太強也是原因之一。」莉莉西亞緩頰，此時她終於察覺蘭斯洛特看艾利西不順眼，於是嘆口氣，苦笑著對艾利西說：「抱歉，西西，今天就先練到這吧。」

艾利西點點頭。他當然不想讓姊姊為難。

同時，莉莉西亞傳了密語給他。

【密語】莉莉西亞：蘭斯洛特大概是覺得你不適合這個職業，他讓你吸了經驗值卻又白費工夫，所以才會不高興。等你變強了，他就不會說什麼了。

「……」艾利西很想吐槽，但最後還是作罷了。

他這個姊姊異性緣跟他一樣好，不知爲何就是異常遲鈍。人家努力了老半天，她還真當對方是好心陪練來著？

「我看我還是自己練吧，等練到姊姊你們的等級後，再去找你們玩。」

「可是……」明明是自己把人拉入坑，卻又把人放生，對此莉莉西亞顯然過意不去。

「我很快就會追上了。」艾利西拍拍莉莉西亞的頭，瞄了蘭斯洛特一眼。

他得快點把等級練上來才行，如果姊姊的公會裡有很多像蘭斯洛特這種等級的蒼蠅就糟了，他這個姊姊老是不讓人放心。

♥

隔天起床後，江牧曦上網查詢了愛麗絲的養成攻略。他來到規模最大的遊戲討論網站，琳瑯滿目的討論區看得他眼花撩亂，本想找教學文的他，反而看起其他討論區的帖子。

他先是點進了一篇帖子——

〔討論〕有人跟我一樣覺得愛麗絲很難玩嗎？

奉勸各位新手不要因爲愛麗絲是故事主角就選，這個職業超難玩的！說變大嘛，雖然可以橫掃千軍跟BOSS硬幹，但巨大的體型也使自身變成顯眼的目標，非常難躲過攻擊，血量掉得很快，更別提在競技場了，笨重的身軀完全無法跟行動靈活的玩家比。

至於變小嘛，除非你能跟蟻人一樣靈活，否則強不到哪去，變小後如果不針對敵人的弱點部位攻擊，根本打不出多少傷害。最後紅鶴就不用說了，那是高手專用的路線，我們這種沒天分的市井小民想都不用想。練愛麗絲眞的有前途嗎？我看還是玩帽匠比較實在。

而下方的留言異常踴躍，像炸開了鍋似的。

「科科，樓主自己不會玩，怪愛麗絲嘍？」這是第一則留言。

「你們這些行動笨拙的傢伙玩玩紅心女王就好啦，不然滾去當白皇后在後面補補血也不錯。」第三個留言者跟著嘲諷。

「三樓你瞧不起紅心女王？來戰啊，今晚九點競技場房號55771等你！」留言八號怒了。

「這樣就叫難玩，那我們柴郡貓該怎麼辦？」十七樓留言表示。

「我妹因爲喜歡愛麗絲，所以選了這個職業，結果第三天她就重創角色了。」留言三十五號說。

江牧曦搖搖頭，點入下一篇帖子。

〔閒聊〕有人認識黑桃二先生嗎？

撲克競技場的黑桃二先生是怎麼回事啊？只要一在競技場看到他的身影，我就快嚇尿了！打扮紳士，模樣也紳士，攻擊卻凶狠得跟鬼神一樣，嚇掉我的毛。昨天在競技場遇上他，我們五個人被他噠噠噠一通亂射就死了！誰快來收了這妖孽啊，天天出現在競技場有夠嚇人。

下面的留言也相當多，討論熱度更勝剛才那篇有關愛麗絲的帖子。

「贊同+100！黑桃二先生是哪家公會的？拜託快把他收回去，我去撲克競技場是希望享受充滿意外性的戰鬥，而不是希望被虐殺啊。」

「我記得黑桃二先生沒入任何公會，獨來獨往的。那麼恐怖的傢伙有人敢收嗎……」

「黑桃二先生無論是一對一、二對二、五對五都很拿手，樓主是在順子時遇到他對吧？」

「上次不知道是哪個製杖玩家，在我當方塊十的時候直接把黑桃二先生丟出來，害我瞬間被秒殺。」

「拍拍樓上，單獨面對黑桃二先生很可怕吧？」

「說什麼話！黑桃二先生超帥的好不好！競技場上的黑桃二先生簡直風靡全場！」

「樓上是在觀眾席吧？在觀眾席的你們有想過被黑桃二先生虐殺的我們的心情嗎？沒有，因爲你只想到你自己。」

「不得不說，我們家公會的妹子都很迷黑桃二先生……」

「撲克競技場？黑桃二先生？」江牧曦盯著螢幕自言自語。這又是什麼？他從沒聽說過。

看來撲克競技場跟一般的競技場不太一樣，似乎有什麼玄機。不過以他目前的等級，去競技場跟人PK絕對不是明智的行爲。

照理說，喜歡對戰的人才會去競技場，因此面對越強的對手應該會越興奮，然而在這篇帖子裡，江牧曦只感受到大家對黑桃二先生的深深畏懼。

倒數第二樓的留言表示：「黑桃二先生讓撲克競技場變得很撲克，沒有希望的撲克競技場誰還要玩啊？」

在他打算關閉帖子時，眼角餘光瞄到最後一則留言：「別怕，我來了。」

這莫名其妙的留言吸引了他的注意，他看了一眼留言者的暱稱——夜夜笙歌。

如此荒淫的暱稱令江牧曦忍不住失笑，但他很快就把這件事拋到腦後。網遊嘛，各式各樣奇怪的名字都可能出現。

晚上再度上線時，他對愛麗絲已經有了一定程度的了解。愛麗絲是可塑性極高的職業，根據選擇的路線不同，在戰鬥中的定位也不同。

不過紅鶴這條路他是不打算考慮了，他看了紅鶴愛麗絲的教學，要養成眞的十分困難。他拿著紅鶴連一隻白鵝都打不到，更別提那些高難度技巧。

「眞傷腦筋……到底要不要重創角色呢……」江牧曦嘆了口氣。

此刻他再度化爲對愛麗絲一竅不通的艾利西，思索一下後，還是決定先出城打打怪，繼續熟悉愛麗絲的玩法。

他走進一間中古歐洲風格的商店，並不寬敞的店鋪裡擺滿了各式各樣的小玩意兒，還有燃燒著溫暖爐火的壁爐。一隻土撥鼠太太坐在櫃檯前，不時推推她的老花眼鏡，悠哉地閱讀報紙。

「老闆，十瓶紅藥水。」艾利西將錢拍到桌子上。

低頭看報的土撥鼠太太緩緩從報紙中抬起頭，慢吞吞地走向藥水架，顫巍巍地拿了十瓶。當她走過來時，一瓶藥水還滑出懷裡，直接摔碎。

最後土撥鼠太太只給了九瓶藥水，依然收他十瓶的錢。

「……」

這點小事沒有澆滅艾利西的鬥志，他很快到了城外，還特地遠離超弱老鼠，找到了一隻在樹上爬的巨大毛蟲，心裡覺得踏實許多。

這下總不會再失手了吧？

艾利西掄起紅鶴，毫不留情地朝那軟趴趴的身軀打下去。

霎時，紅鶴陷進毛蟲的身體，毛蟲仰起頭瞪了他一眼，頭上忽然冒出一根鮮豔的觸角，接著用力吐氣，一團煙霧從毛蟲的口中冒出。

「啥鬼！」艾利西連連後退，但還是慢了點，他發現自己中毒了。毛毛蟲會吐霧到底是哪門子的邏輯？設計出這怪物的人到底在想什麼？

他連忙喝了口紅藥水，本再想打幾下，卻發現毛毛蟲躲進了自己吐出的煙霧中。無奈之下，艾利西想起自己除了紅鶴以外，還有另一種攻擊技能。

一顆石頭從他手中冒出，隨後咻一聲，落到了毛蟲身上。

毛蟲氣得爬過來，艾利西好整以暇地後退幾步，再丟一次。這世上還有比毛蟲更容易用打帶跑對付的對手嗎？

就這樣，他靠丟石頭磨死了毛蟲，頓時有些興奮。

「這方法可行！」對艾利西而言，丟石十分輕鬆，也比用紅鶴順手得多。他強化了幾個丟石技能，開始深入森林，一路上打死不少色彩鮮豔的毛蟲，升了幾等。

不久，他抵達林中的一片空地，空地中央有一朵豔麗的巨大蘑菇。

某個生物坐在蘑菇上。

那東西擁有人類的外表，而且長得頗爲俊俏，以《愛麗絲夢遊仙境》的劇情來看，既然在蘑菇上，想必是毛蟲BOSS了。只見人形毛蟲盤坐著，腿上放了一本厚重的書，他專注地閱讀書頁的文字，一手翻著書，一手持著煙管，時不時抽一口擺在旁邊的水煙。

艾利西站在不遠處觀察，不敢輕舉妄動。在網遊中，通常只要踏入怪物的警戒範圍，怪物就會發動攻擊，而艾利西認爲自己此刻應該還在安全區域，但大概再往前個幾步，毛蟲就會發難了。

「毛蟲BOSS居然是人形。」情況有些棘手，人形意味著對方的速度絕對在普通毛蟲怪之上。

雖然如此，不過艾利西的原則向來是先打了再說，於是他邁開步伐，踏入預想中毛蟲的攻擊範圍，小心翼翼地接近。他一邊訝異這BOSS怎麼遲遲不攻擊，一邊抬起了手，準備率先出擊。

「我勸你別這麼做。」出乎意料的，在他丟出石頭前，毛蟲開口了。

在艾利西錯愕的注視下，毛蟲依舊盯著書本，語氣一派冷靜：「別的毛蟲我不敢說，但跟我打，你會輸的。」

艾利西不禁讚嘆起來，想不到一個野外的BOSS還有專屬的開場臺詞，這遊戲設計實在用心。他繞到毛蟲面前，站在蘑菇旁仰頭打量，毛蟲的視線這才移到他身上，當他們四目相接時，毛蟲忍不住笑出聲。

毛蟲收起書本，站起身居高臨下看著艾利西，語帶調侃：「你的紅鶴去哪了？這位愛麗絲，你知道自己在做什麼嗎？」

「咦？」預期外的臺詞讓艾利西愣了。

「你想用手上那顆石頭打敗我？」像是覺得艾利西蠢得很可愛似的，人形毛蟲又低低笑著。

「就算是BOSS，也總要嘗試過才知道嘛。」艾利西回應。這隻毛蟲BOSS的AI太厲害了，是會依玩家的武器不同而做出不同發言嗎？

「BOSS？」毛蟲一挑眉，正要開口，一隻巨大的綠色毛蟲卻忽然從他背後冒出。

綠色毛蟲身軀肥滿，足足有兩公尺長，似乎是對人形毛蟲跟牠待在同一朵蘑菇的事感到十分不滿，牠扭著身子挺立起來，伸出鮮豔的觸角，準備對人形毛蟲展開攻擊。

見狀，人形毛蟲不慌不忙地吸了口水煙，吐出淡淡的紫色煙霧，蘑菇周圍紫霧繚繞，肥大的毛蟲頓時收回觸角，痛苦地在煙霧中掙扎。

迷霧之中，人形毛蟲從容地將水煙瓶背起來，背對著肥大毛蟲，對艾利西露出微笑。

「我明白了，原來是這樣。」他攤開雙手，與此同時，身後的毛蟲怪轟然倒下，一動也不動地躺在蘑菇上。

「我想我們之間有什麼誤會。我呢，不是BOSS，那隻才是。」人形毛蟲用煙管隨意指了指倒帽的毛蟲王，對艾利西說：「我是玩家，職業爲毛蟲的玩家，ID是夜夜笙歌，請多指教。」

艾利西看了看夜夜笙歌，再看看毛蟲王，終於恍然大悟。搞了半天，這隻人形毛蟲根本不是怪，只是個職業剛好是毛蟲的玩家。怪不得他一直有種揮之不去的怪異感，感覺就像發現十等的副本裡有隻五十等的怪一樣。

看對方一招就秒掉毛蟲BOSS，艾利西猜想這位叫夜夜笙歌的玩家等級肯定不低。問題是，一個高等玩家爲何要待在新手地圖？

「你爲什麼會在這？」

「我在刷毛蟲BOSS會掉的染料。既然牠固定在這裡重生，那我就在這裡等牠。」夜夜笙歌邊說邊打開物品欄，嘆了口氣。「這次還是一堆垃圾啊，可惡，染料眞難刷。」

說完，他乾脆地關了物品欄，目光飄向艾利西，那興致勃勃的模樣像是發現了新奇的玩具。

「你的紅鶴去哪了？爲什麼不用紅鶴？」

「紅鶴太難用了，我覺得丟石比較好玩。有沒有人練過這個技能？」

一路下來，艾利西眞心覺得丟石頭比揮紅鶴順手多了，他已經開始認眞考慮專攻這個技能。

「當然有，但我建議你別這麼玩，因爲失敗者太多了。」

「爲什麼？丟石很實用不是嗎？」既可以成爲近戰職業的輔助技能，傷害也不會太低，艾利西實在想不出這技能有哪裡不好。

「首先，論攻速絕對比不過帽匠，你才丟一顆，人家已經噠噠噠對你開了好幾槍，而且子彈的傷害比石頭要高得多。再者，雖然很多東西都可以拿來丟，有的還能發揮控場效果，但要說控場嘛，又怎麼可能贏得過我們毛蟲術士？毛蟲可是擾亂敵人視線、製造各式負面狀態的佼佼者。」夜夜笙歌詳細地分析。

「不過換句話說，靠著丟石也能做到同時具備帽匠與毛蟲的能力吧？」艾利西拋了拋石頭，不以爲意。

「是啊，可是問題就在這裡。」夜夜笙歌叫出自己的技能視窗，指著丟石技能樹。「你看看這棵樹，明顯比旁邊那棵毛蟲樹稀疏對吧？這意味著能透過這棵樹學到的東西有限。」

夜夜笙歌吸了一口水煙，吐出白色煙霧。

「無論再怎麼強化這棵樹，扔出來的依舊是沒多少殺傷力的石頭。練丟石技能最困難的地方在於收集有用的技能書，而眞正可以左右戰局的強大技能書只能在高等副本取得，或是只有強大的BOSS會掉落，因此大部分的丟石技能書都是廢物。」

說到這裡，夜夜笙歌頓了頓。「這是條考驗人品與實力的艱辛路程，有時還得花錢收集丟石技能書，一旦選擇了這條路，想變強必定得比其他職業多耗費好幾倍心力，所以我才勸你別想不開。無論是遊戲裡的哪一個職業，都只要乖乖付出技能點數就能學到很多強大技能，何必自討苦吃？」

艾利西陷入沉思。

最後，他將一顆石頭丟向前方的樹幹，整棵樹爲之晃動。他聳聳肩。「我再觀察看看，眞的不行，洗掉技能重來就是。」

夜夜笙歌搖搖頭，不予置評。

「怎麼說呢？很久沒見到像你這種不照攻略來的玩家了。雖然我不認爲丟石能玩出什麼名堂，不過練成了記得告訴我一聲，黑桃二先生肯定最討厭你這種玩家。」

「黑桃二先生？」艾利西立刻想到白天看到的討論帖，頓時好奇起來。「他是不是相當令人頭痛？好多人都在罵他。」

「沒錯，那傢伙是《愛麗絲Online》裡最惡名昭彰的大神，不少人恨他恨得牙癢癢，卻拿他沒轍。」夜夜笙歌對此似乎非常感同身受，露出了嚴肅的表情。「那個人的字典裡沒有仁慈兩個字，從不對任何人留情，死在他槍下的玩家不計其數。他每晚都會待在撲克競技場，撞見他只能自認倒楣。」

聽了這番話，艾利西對黑桃二先生更加好奇了，也對所謂的撲克競技場頗感興趣。

「撲克競技場又是什麼？」

夜夜笙歌挑眉。「你這傢伙還眞的是菜鳥啊，完全不知道撲克競技場嗎？」

艾利西搖搖頭。「聽過，但沒玩過，以我現在的等級，去了恐怕只會被虐。」

「還算有自知之明。」這坦率的態度令夜夜笙歌不禁笑出來，他拍了拍艾利西的肩。「等你二十等後我再帶你去，撲克競技場可好玩了。對了，這些先給你吧。」

語畢，夜夜笙歌開啟自己的物品欄，只見上百個格子裡都塞滿了東西。他像是在打遊戲機一樣，飛快地拍了幾個欄位，按下右下角的確定選項，隨後一疊技能書落到了艾利西手上。

「這……」艾利西驚訝地看向夜夜笙歌。這些技能書應該也花了不少工夫才取得，就這麼乾脆地給他？

「給你吧，我不需要。丟石技能書太容易掉落，多到我都要吐了。我是擅長控場的術士，除了火力強大的彈藥，其他的技能書對我來說沒有用。」

「那我就收下了。」艾利西沒有客氣，畢竟不管是什麼網遊，都有那種可以輕易獲得、賣掉也賺不了多少錢的廢物，他猜想這些丟石技能書也是此類占空間的東西。

在他收下技能書沒多久，夜夜笙歌突然「啊」了一聲表示競技場在召喚他，就逕自走了。

夜夜笙歌離開後，艾利西看了下剛才收到的丟石技能書。

丟石技能書：玫瑰花瓣
丟石技能書：巧克力餅乾
丟石技能書：蜥蜴尾巴
丟石技能書：司康
丟石技能書：杏仁小圓餅

「還真的是一堆廢物。」艾利西檢視著手裡那堆奇怪的技能書，感到嘆爲觀止。技能書的存在多半是爲了增加遊戲的趣味性，遊戲設計師應該沒想過要將丟石技能獨立成一個職業。

據夜夜笙歌所說，丟石技能的關鍵在於能否取得強大的技能書，若無法得到攻擊傷害比子彈高的投擲物，也就是彈藥，是無法贏過帽匠的。艾利西對《愛麗絲夢遊仙境》的了解不深，一時也想不出可能有什麼東西會比較具備殺傷力。

【密語】莉莉西亞：丟石技能書？我有呀，等等全部寄給你，你回紅心城就會收到了。你也可以去拍賣市集看看，遊戲裡目前有三個拍賣市集，分別位於三大主城裡。

得知艾利西的煩惱，莉莉西亞很爽快地承諾把擁有的丟石技能書都給他，而在回城之前，他也先強化了一下自己的丟石技能，順便學了幾種物品的丟擲。

系統提示：【丟石技能：彈藥威力】已達IV級，彈藥威力增加百分之十。

系統提示：【丟石技能：丟石快手】已達III級，冷卻時間（注5）減少百分之十，攻速增加百分之十五。

系統提示：您已學會丟杏仁小圓餅。

系統提示：您已學會丟鮮奶油。

艾利西拿著一坨鮮奶油，砸向一隻好好垂吊在樹上的毛蟲。看著滿身鮮奶油仍不斷扭動的毛毛蟲，他實在不知道這東西的意義到底在哪，而且更讓人傻眼的是，當他點開丟石技能書的物品資訊欄查看時，發現上面只寫著「新鮮好吃的鮮奶油」，瞬間不禁懷疑所有丟石技能書的說明都如此敷衍。

不過沒被刮鬍泡少砸過的他，還是相信鮮奶油有其功用在，如果真的沒法用於

注5 冷卻時間：玩家使用技能後，想再次發動技能時需等待的時間。

戰鬥中，他至少還能安慰自己可以在其他人生日時丟。

當他接近紅心城的大門時，有人發了密語給他。

【密語】夜夜笙歌：輸了！又是該死的黑桃二先生！每次都壞了我的好事！

艾利西笑了笑，對這位神祕的競技場大神越來越好奇了。雖然他還是個菜鳥，但也不免會想與大神打一場試試。

在這之前，他必須先找到傷害勝過子彈的彈藥，畢竟丟石的速度無論如何都贏不了帽匠的攻速，不過若有彈藥一發可堪比好幾發子彈的傷害，想打贏帽匠也並非沒機會。

所以，他打算去拍賣市集逛逛，即使買不起，起碼能了解有什麼樣的彈藥，好擬定戰略方向。

才剛踏進紅心城，他便遠遠見到一個身影高速奔馳而來，掀起一陣塵煙。當他看清對方時，瞬間嚇得僵在原地。

對方是一隻眼睛睜得老大、身著紅色紳士服的魚頭人，速度之快彷彿正在參加奧運百米競賽。

魚頭人在他面前猛然停步，用超大嗓門吼出「你的包裹！」並露出嘴裡的一排尖牙，接著把一個綁了蝴蝶結的大箱子塞進艾利西懷裡。

「什、什麼？這是——」艾利西剛接下箱子，魚頭人就跑了。他呆愣了一陣才默默拆開禮物，裡面是一堆丟石技能書。

「……」這世界的寄送功能不能別這麼驚悚？

艾利西嘆了口氣，找了個小公園，坐在長椅上開始清點。

丟石技能書：蘋果

丟石技能書：香蕉皮

丟石技能書：情書

丟石技能書：紅心女王寫眞照

丟石技能書：雞蛋

同樣是各種奇怪的東西，但比夜夜笙歌給的技能書稍微好一點。艾利西學了丟香蕉皮與雞蛋，其他先收了起來。

夜夜笙歌所言不假，丟石確實可以是控場技能，光是滿地的香蕉皮和鮮奶油就足以讓人崩潰了。

「不要跑啊小笨蛋～」

「哈哈哈來追我啊～」

這番令人渾身起雞皮疙瘩的對話吸引了艾利西的注意，他抬頭看去，只見一對情侶在開滿玫瑰的公園裡追逐著，男方滿臉燦笑不斷朝女方丟糖果，女方則嬌笑著小碎步逃跑，甜到膩的景象讓公園裡的人都看不下去。

「放閃也看下場合好不好？」艾利西抖了抖，決定爲民除害。他拿起方才打怪時得到的某種彈藥，手一揮往女方身上丟。

「討厭，親愛的你丟的東西黏到我身上了……呀啊啊啊！毛毛蟲啊啊啊啊！」

「毛、毛毛蟲？」

「你幹麼拿毛毛蟲丟我！活膩了嗎你！」

「我我我沒有毛毛蟲彈藥啊！冤枉啊！」

艾利西哼著歌離開公園，按照地圖上的路線往紅心市集走去。此時夜夜笙歌再度傳了密語過來。

【密語】夜夜笙歌：小菜鳥你在哪？丟石練得怎樣？

【密語】艾利西：我正打算去市集挑技能書，有哪些彈藥的破壞力比較強大？推薦一下吧。

【密語】夜夜笙歌：目前比較常見的好用彈藥就是刺蝟、菜刀、有毒毛蟲之類的，至於爲什麼好用，看名稱就知道了吧？其實哪個東西你丟著順手就買吧。

看樣子也只能先這麼辦了。

艾利西嘆口氣，眞心覺得這丟石技能也太無厘頭，還眞是什麼都能扔，怪不得人人都會練一下。大部分的彈藥消耗的AP很少，拿來做些蠢事是絕對沒問題的。

他來到紅心市集，這座市集同樣充滿了異國氣息，附帶遮雨棚的木造小攤位整齊地並列，木桌上展示的商品琳瑯滿目，玫瑰攀爬在攤子的支柱與遮雨棚上，恣意綻放。

這些攤位的攤主都是動物，同時也是遊戲的NPC，玩家可以在他們的攤位寄賣自己的物品，只不過攤上空間有限，空間滿了就必須另尋寄賣處。而有些動物商人會限制寄賣物的種類，有些則不會。

艾利西經過一個全是武器的攤位，而後在擺滿各式甜點的攤子前停步。

「這些可以拿來丟嗎？」他問了一個若是在現實世界將非常失禮的問題。

擺攤的花兔太太露出嫌惡的表情，不但沒回答，還拿過旁邊的掃把，氣呼呼地猛揮一陣將艾利西趕走。

「滾滾滾！這些都是可以吃的食物，誰跟你拿來丟！沒禮貌的小子！」

「等等，我不知道啊——」艾利西狼狽無比地被掃到一邊，哀怨地望著返回攤位的花兔太太。

「冤枉啊……」他以爲那些是技能書，誰知道原來眞的可以吃。

之後，他不敢再隨便問其他動物商人東西可不可以拿來丟了。他看見一位鸚鵡先生的攤上擺滿了稀奇古怪的小玩意兒，隨口問了句「這裡面有丟石技能書嗎」，結果鸚鵡先生的表情就好像見到神經病。

「全部都是啊，你瞎了嗎？」

「……」

艾利西眞的欲哭無淚了。

向鸚鵡買了一本刺蝟技能書後，他穿越噴泉廣場，來到市集的另一區。這區的攤位沒有木桌與遮雨棚，商品統統擺在地墊上，商人也從NPC換成了玩家。

各色各樣的商品令人目不暇接，有些攤位還插了牌子，上面寫的不外乎是「收女王腳指甲」、「收蘿莉塔洋裝與染色劑」、「徵婆」、「收高階祝福強化卷軸」、「丟石技能書賤價大拍賣」之類的字樣。

「這菜刀會不會太貴了點？」艾利西流連在販賣技能書的攤位前，看來看去還是對菜刀最感興趣，偏偏菜刀的技能書硬生生比其他技能書貴上好幾倍。

擺攤的玩家抖了下土黃色的兔耳朵，好整以暇地給自己倒了杯茶，悠哉地說：

「那你就不要買啊，不然自己去茶會森林挑，這東西是那邊的副本的掉落物。」

「唔……」附近確實有個可以通往各處的傳送點，但艾利西無法使用。如果想透過傳送點前往其他主城，玩家本身必須得親自去過一趟才行，這名擺攤的三月兔玩家正是看準有不少還無法去其他主城的新手，才賣得這麼貴。

「這價格也太高了吧？欺負新手啊。」一個聲音忽然從身後傳來，艾利西回頭一看，居然是夜夜笙歌，這傢伙不知何時離開毛蟲森林跑過來了。雖然知道夜夜笙歌是玩家，艾利西仍覺得像見到毛蟲BOSS逛大街般突兀。

「誰欺負新手？這叫公道價。」

「這明明比我在茶會森林看到的價格高好幾倍，過個傳送點就可以到的地方，賣這麼貴幹啥？含運費嗎？」

三月兔玩家頓時惱羞成怒。「不然你們自己打啊，過個傳送點就到了不是？」語畢，三月兔也沒什麼心情賣了，叫了個視窗出來瞬間收起地墊，說走就走。

艾利西略感遺憾地目送對方的背影，雖然沒買到菜刀有些可惜，但他也不想當冤大頭。

「抱歉啊，小菜鳥。只是想叫這傢伙算便宜一點的，沒想到他惱羞了，改天我打來給你。」夜夜笙歌無奈地說，接著艾利西的面前出現一個交易視窗。「你先將就一下用這個吧，剛剛在路上打到的。」

艾利西看了下物品名稱，上面寫著「丟石技能書：餐刀」。

他滿意地點點頭。「這就夠了，丟菜刀出去其實也頗嚇人的。」

系統提示：您已學會丟餐刀。

系統提示：危險物品，請勿在現實中模仿投擲。

他揮了揮手中的餐刀，覺得頗爲順手。這玩意兒扔出去的傷害總比石頭高了吧？

「你眞是個奇葩，看了那麼多丟石技能書，還眞的想練練？」夜夜笙歌一臉不可思議。「人家帥氣地揮著長劍衝過來，你丟香蕉皮回敬，這是打還是不打？根本成了鬧劇。你想這樣跟人戰鬥？」

「我想欣賞其他玩家敗倒在香蕉皮下的表情。」

「……好吧。」這個答案讓夜夜笙歌無話可說，同時他也想到一個很有趣的可能性。

他勾住艾利西的頸子，露出不懷好意的笑容。

「我說，你想不想看黑桃二先生敗倒在你的香蕉皮下？」

Chapter 2 夢遊撲克競技場

聽夜夜笙歌再度提起黑桃二先生，艾利西已經按捺不住好奇心了。

「到底是怎樣，那個人是《愛麗絲Online》裡的魔王嗎？」不知是否錯覺，他總覺得全天下的人似乎都跟黑桃二先生有不共戴天之仇。「爲什麼你們這麼想打敗他？他究竟是什麼人？」

「他是撲克競技場的大魔王，永遠的黑桃二，人人都祈禱不要在撲克競技場遇上他，但不幸的是，他每晚都在撲克競技場出沒。撲克競技場跟一般的競技場不同，那是個除了實力以外，也相當看運氣的地方，然而黑桃二先生憑藉強悍的實力，硬是無視了運氣的影響，所以大家恨他恨得牙癢癢的，他破壞了撲克競技場應有的樂趣。」

聽完，艾利西仍是一頭霧水，而夜夜笙歌也沒打算一次解釋清楚。

「你之後跟我去撲克競技場就會明白了。」夜夜笙歌吸了一口水煙，悠然地徐徐吐出煙霧，目光望向遠方。「事實上，所有撲克競技場的玩家都在期待黑桃二先生的落敗。他們需要希望，需要知道黑桃二先生是可以擊敗的人。唯有擊敗他，撲克競技場才會恢復和平。」

「有這麼誇張嗎？」艾利西瞄了一眼神情嚴肅得彷彿要去拯救世界的夜夜笙歌，都懶得吐槽了。得了吧，不過就是網遊，更何況競技場需要什麼和平？如果大家都相親相愛，就不用競技了。

夜夜笙歌又露出一副「你是菜鳥你不懂」的表情，拍了拍艾利西的肩。「走，去練等。如果要幹掉黑桃二先生，等級絕不可以低。」

原本要跟上夜夜笙歌的艾利西驀地停下腳步，猶豫地開口：「眞的嗎？你眞的覺得我可以打敗大神？」

他這個愛麗絲玩得並不好，又選了極端奇葩的路線，若傳進蘭斯洛特耳裡肯定會笑掉他的大牙，沒有人會期待他能玩出什麼名堂，更何況是擊敗競技場大神。

夜夜笙歌瞥了他一眼，露出恥笑的表情。

「在說什麼啊你，不過就是網遊，挑戰大神需要什麼必死的決心嗎？輸了頂多回重生點而已。大神跟副本一樣，想打就打，沒有規定誰不能打。」

艾利西愣愣看著他，隨後露出燦爛的笑容，點了點頭。

看樣子，不把網遊當網遊的人是他自己才對。

在夜夜笙歌的帶領下，艾利西很快升上二十等。毛蟲的技能相當實用，一名毛蟲術士的標準刷怪流程就是吐煙讓敵人摸不著東西南北，再衝上前用煙管抽人。煙管的攻擊力雖然不高，但在敵人陷入迷霧的狀態下也總磨得死人。而艾利西跟著加入後，刷怪的效率更是提升許多，畢竟餐刀的殺傷力要比煙管高上不少。

夜夜笙歌本來對艾利西的丟石技術不抱期望，但漸漸地，他發現艾利西會選這條路自然有其道理。

這傢伙丟東西確實有幾分厲害。

只要艾利西預測得到煙霧中的怪大致在哪，就能丟中，移動中的怪他多半也能丟中，面對在高處棲息的怪，也都是由艾利西開怪。石頭人人都能丟，但要丟得準確是一門技術，艾利西在這方面無疑頗爲上手。

當夜夜笙歌說出自己的觀察後，艾利西笑了笑。

「不瞞你說，夜市投球九宮格攤位的老闆每次看到我都要哭。」他當然是了解自己的長處在哪，才敢大膽選這條路的，如果只因爲丟毛蟲很成功，就覺得自己能以丟石打遍天下，那未免也太天眞。

艾利西的老家就在夜市旁邊，從小玩夜市的遊戲玩到大，射氣球跟投球九宮格攤的老闆都跟他很熟，到後來甚至還不收他錢，只求他不要拿獎品。

「很好很好，我們摺倒黑桃二先生的機率越來越高了。」夜夜笙歌滿意地點點頭。算一算，他們已經這樣刷怪兩天了，艾利西也邁向二十三等。爲了熟悉丟石流玩法，他們多練了一些時間，如今夜夜笙歌認爲已經可以帶艾利西上競技場。

「來吧，今天跟我去競技場，運氣好的話或許能遇到黑桃二先生。」夜夜笙歌叫出前往撲克競技場的視窗，艾利西有樣學樣。

遊戲裡的競技場分為兩種，一種是比拚運氣的撲克競技場，一種是實力為上的一般競技場，當艾利西按下確認選項後，眼前的景色瞬間轉變。

他在墜落。

他在充滿撲克牌的世界裡不斷墜落，下方跟兔子洞一樣深不見底。在他落下的途中，一個模樣相當可愛的小丑娃娃在他面前出現。

「嘻嘻嘻，歡迎來到撲克競技的世界。」小丑有如彼得潘的小精靈般在他身旁不斷打轉。「第一次來到撲克競技場的仙境居民啊，需要開啟解說模式嗎？」

「需要。」艾利西秒答。雖然聽夜夜笙歌提了幾次，他還是搞不清楚撲克競技場在幹麼。

「好喔，這個世界目前只有一種遊戲模式——」在小丑稚嫩聲音的引領下，艾利西停在半空中，五十二張撲克牌頓時全部飛過來圍繞著他排成一圈。

「也就是大老二。玩家可以選擇當撲克牌或是出牌玩家，每週可以當一次出牌玩家，每天可以當三次撲克牌。在這個競技場裡，所有撲克牌皆由玩家擔任，出牌玩家與撲克牌玩家都到齊後，系統便會根據等級高低分配撲克牌玩家擔任相應排序的撲克牌，遇到等級一樣時，就依攻擊力高低來排序。」

「也就是說……出牌玩家打出來的牌，全是其他玩家？然後我們要跟對方打出來的撲克牌玩家對決？」

「沒錯。但撲克牌玩家無法得知除了自己之外的牌是哪些玩家，出牌玩家也不會知道自己手中的牌是什麼人，因此任何玩家都有可能是你的隊友，最強與最弱的玩家也有機會並肩作戰。」

「大老二……大老二的玩法……」艾利西有點混亂了，這遊戲他只會在過年時玩，都快忘記規則了。

「在這個遊戲中，玩家必須打出數值大過對方玩家的單張牌或牌組。牌的大小排序爲2、A、K、Q、J、10、9、8、7、6、5、4、3，花色大小則依序是黑桃、紅心、方塊、梅花。因此最小的牌爲梅花三，最大的牌爲黑桃二。」

「黑桃二……黑桃二先生……難道……」艾利西終於明白了。「黑桃二先生是《愛麗絲Online》裡等級最高的玩家？」

在依等級排序的撲克競技場裡，能被稱爲永遠的黑桃二，只可能是等級最高的人了。他還以爲黑桃二先生是ID名稱，看樣子對方應該另有其名。

「當出牌玩家打出『對子』、『順子』、『鐵支』、『葫蘆』、『同花順』時，系統將會給予該組撲克牌玩家不同的buff（注6）。」

「此外，在兩種情況下可以獲得高分，一是撲克牌玩家在單場戰鬥中獨自打敗多名玩家。」小丑伸出食指，再伸出中指，笑咪咪地說：「第二種，若是打贏數值比自己大的牌，雙方等級相差越多，得到的分數便越高。因此，如果有玩家同時符合上述兩個條件，接連打贏數名比自己高等的玩家，就有可能成爲致勝關鍵。而最後自然是由得到較多分數的陣營獲勝。」

艾利西聽著小丑的介紹，越聽越是瞠目結舌。這還眞的是超級倚賴運氣的遊戲。即使出牌玩家打出一手好牌，如果上場的玩家表現不佳，一樣會落敗。

但問題是，誰能確定每張撲克牌的代表玩家可不可靠？

假設出牌者打出了兩張二，若這兩張二都不幸的剛好是補師，即使等級再高，也只有挨打的份。而如果兩邊玩家都打出順子，其中一組順子有補師的話，肯定贏面比較大。

大老二是個步步心機的遊戲，玩家必須尋求對自己最有利的局面，但若連所謂「最有利的局面」也無法確定是否能爲自己帶來勝利的話，那該如何是好？

艾利西終於明白了夜夜笙歌的意思。撲克競技場確實是個除了實力以外，還需要憑藉運氣的地方，因爲你永遠不知道會跟誰組隊，以及將碰上怎樣的對手。

大多數的撲克競技場玩家追求的，是一舉獲得高分的勝利，也就是打敗比自己高等的玩家，亦或是縱橫戰場，以一人之姿打敗多名對手。比起一般的PK賽，這裡的玩家特別享受運氣所帶來的不確定性，他們可以虐菜，也可能在某些局面裡打贏比自己高等的人。而在戰鬥的過程中，更能找到與自己合得來的戰友。

可是黑桃二先生破壞了這一切。

無論是誰、無論是什麼局面，遇上黑桃二先生統統沒戲唱。不管對自己的實力多有自信，這份信心都會被黑桃二先生摧毀殆盡。

艾利西不禁想起夜夜笙歌說過的話。

「所有撲克競技場的玩家都在期待黑桃二先生的落敗。他們需要希望，需要知道黑桃二先生是可以擊敗的人。」

競技場的玩家們在尋求一個打敗黑桃二先生的奇蹟。

明明是宛若一堵高牆的強大存在，艾利西想到這裡卻興奮起來。

他想見見黑桃二先生。

不僅如此，他更想打贏對方。只要一次，只要打贏一次，黑桃二先生的神話就

注6 buff：在遊戲中通常指增益效果，可以讓玩家的部分能力得到提升。

會破滅，撲克競技場的玩家都盼望著。

「我準備好了，我要當撲克牌玩家。」他對小丑說。「開始吧。」

「好喔。」五十二張撲克牌開始在艾利西身周旋轉，最後，一張撲克牌飛到他眼前。「你代表的撲克牌是紅心三，成為撲克牌後，你可以待在競技場觀賞其他人對戰，也可以返回仙境等待玩家召喚。祝玩得愉快！」

比艾利西還高的紅心三紙牌發出亮光，為他開啟了競技場之門，他飛入光門之中，整個場景再度變化。

這一次，他出現在巨大的競技場外，身邊有一群玩家，有些人在觀賽席上挑了個好位子準備看戲，有些人則立刻消失不見，回到了仙境。

競技場中有四個看臺，裡面分別坐著一名出牌玩家。看臺為封閉式，與觀賽民眾完全隔開，且出牌玩家也無法查看競技場的聊天頻道。

【競技】屠夫矮人：好樣的，我剛剛似乎看見黑桃二先生的身影了，等等他一定會出現。

【競技】貓吐毛球：怎麼又是他！也太衰了吧，接連兩天跟他分到同一場……

【競技】夜夜笙歌：來就來，誰怕誰，被他殺的次數還不夠多嗎？

一在競技場聊天頻道看見夜夜笙歌的發言，艾利西立刻東張西望尋找對方的蹤跡，很快便在觀眾中找到了人。

「喲，分到同一場啦，眞走運。」看見艾利西，夜夜笙歌顯得相當滿意。他用煙管朝競技場一指，悠哉地說：「第一場要開始啦，快看吧。」

看臺上的四位玩家各持一副普通尺寸的撲克牌，由位居南方的玩家率先出牌。競技場左側浮現一張豎立起來的梅花三，一名白兔玩家從梅花三中走出。

選擇白兔爲職業的玩家很幸運，他們的服裝沒有顏色限制，唯一要求就是得頂著一對兔耳。不過商城裡的白兔服裝區幾乎全是紅色系，顯然官方還是挺想逼他們穿紅色的，畢竟白兔的起始點也是充滿紅心女王和紅心騎士的紅心城。

這位白兔玩家大概恨透了再見到紅色，因爲他穿著低調的咖啡色吊帶褲搭配白襯衫，身上無一處有紅色。戴著白手套的他從腰間抽出西洋劍，頭上頂著ID與梅花三的符號，此時他的對手也現身，一位男性愛麗絲從黑桃五中走出。

這陣子觀察下來，艾利西發現選擇愛麗絲的玩家其實以男性居多。這也難怪，雖然在《愛麗絲夢遊仙境》裡，愛麗絲是個可愛的金髮小女孩，但在遊戲中這個職業一點也不可愛。

不是變大粗魯地與人硬幹，就是變小像隻老鼠似的在對手腳下東奔西竄，更別提莫名其妙的紅鶴了，聽說玩得好的話，無論是遠攻還是近戰玩家，統統不是紅鶴的對手，但問題是沒多少人玩得好。

愛麗絲要麼極爲殘暴，要麼欠踩，這是大部分玩家的評價。

戰鬥開始，兩方玩家衝向彼此，白兔率先出擊，銳利的劍光以迅雷不及掩耳的速度朝愛麗絲襲去，就在這時候，愛麗絲變小了。

變小的愛麗絲與利劍擦身而過，靈活迅捷地用紅鶴掃過白兔的腿，反應不及的白兔就這樣被巴掌大的小人掃得跌到地上。接著，愛麗絲一個躍起，手中的紅鶴仰頭拉直脖子，成了一柄長槍，銳利的鳥嘴向白兔刺去。

白兔一個急滾避開，飛快彈起對嬌小的愛麗絲刺去一劍，愛麗絲跳起來避過，空出一隻手朝白兔丟了刺蝟。在敏捷致命的西洋劍攻勢下，小愛麗絲完全不落下風，一次次閃開，距離一拉遠就向白兔丟石，逮到機會便衝上前以紅鶴攻擊，最後再度趁著白兔無法反應的空檔，踩住西洋劍高高一躍，抓住了對方的手，霎時白兔整個人被小小的愛麗絲舉起，狠狠甩到了地上，掀起一片塵煙。這次白兔沒有再站起來，愛麗絲獲勝。

「愛麗絲最小化的話就是這個大小，你可以學學，光是學變小花不了多少AP。」夜夜笙歌說。

於是，艾利西點開自己的技能樹。在變小這條分支路線中，變小技能確實是最基本的，而若想走這條路，重點必須放在增加變小的維持時間、提升行動速度和攻擊力。

打敗梅花三白兔的愛麗絲，在系統自動幫他回復狀態與血量後，立刻展開下一場比賽，對上了紅心女王。紅心女王一揮杖，漫天火雨立刻毫不留情降下，小愛麗絲幾乎無力招架，很快便敗倒在紅心女王杖下。

不久，第一輪出牌完畢，換另一名玩家率先出牌。他出了一副對子，方塊九與梅花九，下一名玩家出了雙J與他對戰，最後由雙J組合拿下勝利。對此艾利西並不意外，戰鬥才開始沒多久，他就察覺到那對組合的不凡之處。

「這組玩家挺有兩下子的……」他看著場上的雙紅心女王組合。法師就是凶殘，一個專攻火系魔法，一個則是冰系，場上水深火熱的，簡直逼死人。而那兩個玩家也合作得挺愉快，還在等待新的對手登場時聊起來了。「你說對吧，夜夜？這兩人——」

艾利西轉過頭，這才發現夜夜笙歌不見了。

競技場內冒出兩張牌，黑桃K與梅花K，一道身影輕盈地從黑桃K中躍出，是夜夜笙歌。

「看樣子是法師與法師間的對決啊。」他抽了一口煙，涼涼地說。隨後像是要打他的臉似的，梅花K中走出一名紅心騎士——蘭斯洛特。

「是他……」艾利西低喃，原來這傢伙也有玩撲克競技場。

一看見自己的搭擋，夜夜笙歌馬上露出嫌棄的表情，抱怨起來：「怎麼配一個肉盾給我？我要坦幹麼？這時候該配個主攻的職業吧。」

很顯然，這將是一場防禦對攻擊的對決，這對夜夜笙歌這方來說是不利的，因爲即使防守得再嚴密，終究還是會損血，如果沒法趕快解決兩位女王，他跟蘭斯洛特依然會被磨死。

蘭斯洛特瞪了他一眼。「這是我要說的話！」

夜夜笙歌沒有理會，而是對待在觀眾席的艾利西帥氣一笑。

「可得給小菜鳥當個榜樣呢。」

想到場外有人關注著，夜夜笙歌不禁嘴角上揚，戰鬥一展開他便衝了出去。

「眞心討厭看紅心組的對決，都是紅色的，看得我都視覺疲勞了。」艾利西聽見一旁的玩家對身邊的朋友說。

「可不是？尤其是那個紅心騎士，居然還紅配綠，我都不忍看了。」那位玩家早已遮住了自己的眼睛。

但艾利西並未移開目光，夜夜笙歌在一片紅色中十分顯眼，只見他搶先吐了一口灰煙，遮蔽了兩名紅心女王的視線。

雖說是紅心女王，但其實有一位是男性，好在這遊戲沒那麼惡趣味，規定只要選了原設定爲女性的職業，就必須穿女裝。那名男子穿著酒紅色的長版大衣，腳踩一雙咖啡色靴子，整體打扮走低調奢華風格，而他的搭檔則身著玫瑰色長洋裝，顯得豔麗搶眼。

當他們的視野逐漸恢復清晰後，眼前卻只剩下蘭斯洛特。夜夜笙歌繞到了他們身後，在兩人反應過來前再度吐煙，綠色的煙霧霎時湧現。

「該死，是毒霧！」男子轉身揮杖，一道瞬發的冰箭襲向夜夜笙歌，被他勉強躲過。而蘭斯洛特也沒閒著，他舉盾擋下另一位紅心女王的火球，長劍無情地揮砍，血花四濺，他流暢地一轉劍鋒，就要刺出第二擊。

這時，無數冰柱驀地以兩名紅心女王爲中心冒出，是名爲「零度領域」的技能。這招的精髓不在於用冰柱傷人，而在於凍結領域範圍內的敵人。

專攻冰系的紅心女王站在火系紅心女王身側，將蘭斯洛特凍結在巨大冰柱中，見狀，火系女王立刻吟唱起大招。

「這兩人眞是合作無間。」有觀眾如此評論，艾利西聽了忍不住想點頭。沒人能預料在撲克競技場會與怎樣的人合作，有可能碰上雷隊友，也有可能遇到意外合得來的戰友。兩位紅心女王一個冰系一個火系，冰系那位行動敏捷，擅長冷卻時間和吟唱時間皆短的小型魔法，火系那位則負責找機會使用吟唱時間長、高傷害的大型魔法。兩人一個打掩護，一個主攻，可說是配合度絕佳。

相較於合作無間的雙女王組合，夜夜笙歌與蘭斯洛特毫無默契可言，完全是各打各的。雖然夜夜笙歌也不打算與蘭斯洛特合作，他只求蘭斯洛特別扯後腿就行了。

一挑二，這是他唯一的想法。黑桃二先生都能一挑二了，以打倒黑桃二先生爲目標的他，當然也得做到一挑二。

他一個打滾躲開冰系女王的冰箭，接著飛快彈起吸了口煙，朝他們吐出一團五顏六色的煙霧。

「小心，是幻惑之霧！」冰系女王高聲警告，神情嚴肅起來。

依據毛蟲術士所吐出的煙霧顏色，能夠判斷出其使用的招式，而幻惑之霧沒有任何殺傷力，卻十分棘手。這個技能是利用絢爛的迷霧來擾亂對手，以掩蓋毛蟲的下一步動作。

爲了保護火系女王，身爲冰系女王的男子不敢逃出煙霧，他緊挨在隊友身旁，警戒著周遭，然而只有場外的觀眾能看清夜夜笙歌的意圖。

此時夜夜笙歌正以兩人爲中心繞著圈，一邊對著地面緩緩吐出冰藍色煙霧，身陷彩色煙霧的兩人左顧右盼，就是沒有留意腳下。在他們注意到之前，凍住蘭斯洛特的冰柱已經先裂開了，他隨即氣憤地朝火系女王砍去，但一顆大冰球砸到蘭斯洛特身上，把他推出了幻惑之霧。

蘭斯洛特狼狽無比地摔倒在地，對夜夜笙歌大聲咒罵：「你媽的用什麼霧！害我看不到敵人的攻擊！」

若不是因爲有幻惑之霧，這麼大顆的冰球蘭斯洛特早就看到了，而且把場子搞得烏煙瘴氣，他這個近戰職業是要打什麼？根本看不見敵人。

夜夜笙歌像是完全沒聽見他的怒吼，專心地吐霧，在蘭斯洛特氣得要過去找他理論時，夜夜笙歌卻猛然轉身，往競技場外圍狂奔。

「喂！你——」

「發什麼呆呢？想死啊？」

這番話令蘭斯洛特心生警戒，接著發現地面不知何時布滿了裂縫，他頓時暗叫不妙。是紅心女王的大招！

一陣炎風吹散了煙霧，整個競技場的地面驀地被掀起，大量的高熱岩漿從地表的裂縫下噴發而出。越是接近火系女王，裂縫便越細碎密集，來不及逃跑的蘭斯洛特被岩漿吞噬，血量大幅下降，而距離較遠的夜夜笙歌在地面被熔岩掀起時，雖然腳步滑了一下，不過仍死撐著沒有落進裂縫中，逃過了一劫。

這招「天崩地裂」十分恐怖，在五對五的狀況下，若讓紅心女王使出這個技能，基本上就幾乎底定了勝負，因爲整個競技場都會變成煉獄，很難有人能不受傷害。

待岩漿噴發趨緩後，夜夜笙歌站了起來，在淪爲一片廢墟的競技場中不斷跳躍行走，速度不快，卻身形輕盈。他繞到了對手背後，當兩位女王想對他展開攻擊時，才驚覺自己被凍在原地。

他們膝蓋以下的部位結了一層霜，陷入僵直狀態，不過「極寒之霧」所造成的僵直時間與結霜範圍成正比，因此這個狀態持續不了多久。

夜夜笙歌趕在僵直效果結束的前一秒繞到他們的視線死角，吸了一口煙，用力一吐。大量火焰從他口中噴出，讓他就像個表演吐火的街頭藝人，避無可避的兩人被迫吃下這招，血量大幅下滑。

當他們恢復自由後，夜夜笙歌再度吐煙把人困在霧裡，各種造成負面狀態的煙霧盡出，令兩人的血量持續下降，且夜夜笙歌還不斷繞圈走位，使對手摸不著方位。在兩人逃出煙霧時，他便吐煙使自己隱身在煙霧之中，整個競技場被他弄得伸手不見五指。

最後，夜夜笙歌就這樣依靠走位與各色煙霧輔助磨死了兩名紅心女王，戰鬥結束的時候，競技場中五顏六色的煙霧仍未散去。

雙法師的組合很強，但夜夜笙歌的表現更出色。對於這場戰鬥，觀戰的玩家們大多給予了好評。

「那毛蟲好厲害，整個競技場都被他控制了。」

「結果紅心騎士根本沒幫到什麼忙嘛，人幾乎都是毛蟲解決的啊。」

「夜夜他……果然很強。」艾利西望著站在場上悠哉抽著水煙，等待下一局開始的毛蟲術士。之前見夜夜笙歌隨手秒掉新手地圖的BOSS，他就隱約察覺這個人應該頗強，只是不知道強到什麼地步，如今對上有程度的對手，夜夜笙歌的能耐總算展現出來了。

對此，艾利西點了點頭，更加肯定了自己的看法。「果然是毛蟲BOSS。」

戰鬥結束後，競技場與玩家都恢復至初始狀態，先前被夜夜笙歌徹底無視，整場都因爲煙霧而暈頭轉向，啥也沒打成的蘭斯洛特非常不滿，看見競技場頻道上的評論更是火冒三丈。在等待其他玩家出牌的期間，他怒斥夜夜笙歌：「剛剛搞成那樣是要我怎麼打？你這傢伙的字典裡到底有沒有合作兩個字！」

「對你，沒有。」夜夜連看都懶得看他一眼，十分乾脆地回應。

「你——有種跟我單挑啊！結束後一般競技場等你！」

「別等我，我忙著帶小菜鳥呢，沒空跟你玩。」

「帶什麼菜鳥，現在是很流行帶菜鳥嗎？來個新人一堆人要帶。」

這忿忿不平的反應讓夜夜笙歌終於看向蘭斯洛特。

「幹麼？遇到很雷的新人？」

「雷爆了，沒看過那麼不要臉的。」

夜夜笙歌笑了笑。「那是你運氣不好，我帶的那隻就挺可愛的，雖然人有點天兵，不過資質還算不錯。」

專攻丟石的玩家實在太少，夜夜笙歌對艾利西能練到什麼程度很感興趣，尤其艾利西也有意以打敗大神為目標，兩人可說是志同道合。

聽了夜夜笙歌的回應，蘭斯洛特只是哼了一聲，表示新手沒一個好東西，此時他們的對手也出現了，從兩張A裡面冒出了三月兔與睡鼠。

戰鬥開始，蘭斯洛特顯然記恨上一場夜夜笙歌一直妨礙他的事，這一場他也不斷有意無意地干擾自家隊友，在人家要吐煙的時候硬是撞一下，打亂節奏。

「幹什麼呢你！」

「你閃開，這場交給我來就夠了，一邊吃葉子去。」

「這話應該是我要對你說的，上一場你有什麼貢獻？」

若說上一場是各打各的，這場就變成隊友互打了。兩人都不肯退讓，還彼此阻撓，偏偏他們面對的又是等級比他們高的玩家，因此很快便落敗。

「可惡，眞是雷隊友。」夜夜笙歌返回觀眾席，嘆息了一聲，把錯都怪到蘭斯洛特頭上，完全無視自己先雷人的事實。

「夜夜好厲害，剛剛把那組雙J玩家耍得團團轉！」艾利西立刻發表對上場比賽的感想，讓夜夜笙歌忍不住嘴角上揚。

「你努力一點就能跟我一樣了，別忘了愛麗絲也是半個控場職業。」夜夜笙歌揉揉他的頭。

「嗯！」艾利西開心地點點頭，有些陶醉地瞇起了眼。

「嗯？」夜夜笙歌不經意地瞄了艾利西一眼，意外發現小菜鳥露出享受的表情，身周彷彿開起了小花。

「我說，你該不會——」

他的話才說到一半，艾利西便憑空消失了。

「上場了嗎？」他收回手，望向競技場的某側，那裡有五張牌。「順子啊……」

順子雖然不少見，但也不是人人都能出得了。大部分的時候，被分到五張牌組合的撲克牌玩家通常少有對手，不過仍有許多玩家期盼自己能成為其中一員，因為這樣就能夠得到三小時的buff，且脫離競技場後依然有效。

艾利西在點數為三四五六七的順子裡，就在其他人以為這場要不戰而勝時，有名玩家打出了另一副順子，一二三四五。

「眞是幸運啊，小菜鳥。」夜夜笙歌語帶笑意。「第一次下撲克競技場，就讓你遇上黑桃二先生了。」

黑桃二這張牌十分醒目地排在對方打出的順子中。

艾利西從紅心三中跳出，好奇地東張西望，他的身旁站了四名玩家，他們也在觀察自己的隊友。不過當看見對面出現了另一副順子，其中一張還是黑桃二時，他們都露出了眼神死的表情。

「這差距也太大了吧，一二三四五，玩個毛啊！」一名花色同樣為紅心的玩家誇張地叫道。

「聽說黑桃二先生也在這場，我們死定了。」另一名玩家已經放棄了。

第一次玩競技場的艾利西對勝負並不是很在意，他先確認了下自身狀態，順子的buff是攻擊力上升百分之二十，防禦力上升百分之十，速度上升百分之十，算是不錯的。

此時，對面的順子玩家一個個出場，但沒有人在乎黑桃二以外的牌蹦出什麼人，大家的目光都聚焦在黑桃二上。

很快，在眾目睽睽之下，一名帽匠從黑桃二中緩步而出。

他戴著一頂黑禮帽，穿著剪裁俐落的黑色系紳士服，長相十分英俊，略帶陽剛氣息，是個如果放在人群中絕對可以引起多數人注目的超級帥哥。

但艾利西覺得，這個男人之所以無論在哪都會引起注意，就算是從背後出現也絕對能馬上被察覺，不是因為帥氣，而是因為那份氣勢。

明明有張俊臉，這傢伙卻散發出一種人人都跟他有仇的氣勢。如果眼神可以殺人，場上早就不分敵我死透透了。而且男人的背後還彷彿有一股看不見的黑氣，讓人不禁退避三舍。

黑桃二先生手持一把黑得發亮的步槍，像是陰間來的戰神，帶著有如要殺光在場所有人的強大威壓，緩緩站到了競技場上。他一一瞪了艾利西這方的每個玩家，嚇得大家動彈不得。

而艾利西的推測得到了證實，黑桃二先生確實不叫黑桃二，他的頭頂上浮著另一個名字——帽犯成性。

挑釁意味濃厚的雙關語吸引了艾利西的注意力，會取這種名字，擺明了就是不想讓人好過。雖然照理說該害怕，艾利西卻莫名感到興奮，連他自己也不明白原因爲何。帽犯成性的威懾力一點也沒有影響他，反而讓他躍躍欲試。

擔任撲克牌的玩家到齊後，戰鬥開始。

眾人邁開步伐，艾利西本想和大家一起衝向前，但他轉頭一看，發現己方已經亂成一鍋粥，兩個人尖叫著往後逃跑，一個人被帽犯成性嚇到不敢動，只有一個人選擇向前衝。

那名玩家並不想攻擊殺氣騰騰的帽犯成性，他衝到另外四名對手面前，與他們戰成一團。然而帽犯成性顯然不在乎以多欺少這種事，因爲他很乾脆地轉向被圍毆的那名玩家，打算先解決掉一個。

就在此時，艾利西衝到帽犯成性旁邊，丟了把餐刀過去。

帽犯成性側頭閃避，皺起眉頭，表情就好像在說「你怎麼會丟這種鬼東西」，不過這也只是一瞬間。帽犯成性很快舉起步槍，朝艾利西射出一顆冰彈，霎時艾利西中了行動遲緩的效果，眼睜睜看著帽犯成性離去。

在這場五對五的戰局中，帽犯成性沒有見誰打誰，他講求的是效率，而艾利西不在他的首殺名單中。

艾利西只能無力地看著唯一一個有勇氣對抗的隊友被五打一秒殺，接著五名對手朝仍在遲緩中的他衝來。還好幸運女神沒有忘記眷顧他，對方的陣容中，除了帽犯成性以外全是近戰職業，也沒有白皇后。一恢復自由，艾利西的雙手便靈活地動了起來，一邊後退一邊瘋狂地往地面丟香蕉皮與鮮奶油，有幾個人就這樣煞車不及，被香蕉皮跟滑溜溜的鮮奶油絆倒，摔了個四腳朝天。

「可惡，什麼東西啊！」一名愛麗絲摔得滿身都是鮮奶油，氣得破口大罵。

艾利西快步向後，繼續在地上砸出一灘灘香蕉鮮奶油，還不時丟幾隻刺蝟進去。有人也拿東西丟他，他就一坨鮮奶油甩到人家臉上使人陷入致盲狀態，有人繞過香蕉鮮奶油，他就換個走位，重新製造香蕉鮮奶油城池。

他的戰鬥方式令所有人看傻了眼，雖然在這遊戲裡扔東西並不稀奇，但全靠扔東西戰鬥又是另一回事，尤其只憑香蕉皮與鮮奶油就拖住一群人，更是前所未見。

「果然是我教出來的。」觀眾席上的夜夜笙歌洋洋得意，他是專精控場的高手，教出來的徒弟自然不會差。

這可是極佳的反擊機會，黑桃二那方的玩家都被拖住了，可惜艾利西的隊友不爭氣，還在那邊傻傻觀戰，夜夜笙歌眞恨不得自己能再度下場。

在無法接近艾利西的情況下，帽犯成性終於出手，端起步槍狂掃，艾利西的血量頓時飛快下滑。他慌亂地不斷移位，但無論他怎麼躲，帽犯成性的子彈就是有辦法射中他，於是他一咬牙，發動了方才剛學的技能——變小。

整個世界頓時急速放大，所有玩家也變得像巨人一般，艾利西在滿地香蕉鮮奶油的掩護下勉強躲進其中一條香蕉皮裡，可是下一秒，巨大的黑色槍管便猛地撞上他。

像是用羽毛球拍挑球一般，艾利西被帽犯成性的槍挑到了空中。在高空之中，他看見對現在的他來說大得有如加農砲的步槍槍管對準了他，槍口閃著炙熱的橘光。

槍管的主人目露凶光，一發火炎彈將艾利西整個人吞噬，他的視野瞬間變紅，整個畫面很快暗了下來。

遊戲結束，他被黑桃二先生秒殺。

由於不是專攻小愛麗絲路線，變小的艾利西防禦力大幅下降，明明是想靠這個狀態躲過帽犯成性的追擊，卻反而被抓住弱點。

艾利西有些懊惱地回到觀眾席，而黑桃二先生還縱橫在場上，五打三的情況下，帽犯成性沒了顧忌，化身戰場鬼神對剩下的敵人瘋狂掃射。他的攻勢精準凌厲，猶如高速運轉的機械，幾乎無一發落空，射出的子彈徹底盡了功用。

「好強……」艾利西低喃出聲。黑桃二先生果然名不虛傳，這個稱號只給競技場中最強的玩家，帽犯成性當之無愧。

「很恐怖吧？那傢伙見誰都是這副不殺掉絕不罷休的模樣，凶殘得不得了。普通人冒犯一下就算了，那傢伙還冒犯成性，你說得有多惡劣？」夜夜笙歌搖搖頭。「眞不知道誰惹他了，永遠掛著人人欠他八百萬的表情，比較沒膽子的常常一打照面就被他嚇得亂了陣腳，還好你沒這樣，不錯。」

聞言，艾利西露出笑容。

「我不會怕的，怎麼說呢……被那殺氣騰騰的眼神盯著，總覺得有點興奮。」

夜夜笙歌的嘴角抽了抽，他看著艾利西，神情古怪。

完蛋了，他該不會害小菜鳥覺醒什麼奇怪的屬性了吧？

艾利西沒有注意到夜夜笙歌詭異的神色，只是興高采烈地拉住他的手。「走吧，既然要以打倒大神爲目標，那可不能鬆懈，去練等吧。」

見艾利西不僅沒被帽犯成性摧毀信心，反而鬥志更加高昂，夜夜笙歌決定先把疑惑拋到腦後，點點頭跟著走了。既然要一起研究如何攻略大神，未來總會對彼此越來越了解的。

Chapter 3 夢遊玫瑰迷宮

隔天，江牧曦再度上了《愛麗絲Online》的討論版，卻發現灌水聊天區有篇關於他的帖子。

〔討論〕關於丟石流的崛起？

昨天在撲克競技場看見一個愛麗絲玩丟石流，這玩法是又崛起了嗎？那個愛麗絲表現得不錯啊，用滿地香蕉皮與鮮奶油成功制住四名玩家，可惜最後還是被黑桃二先生打倒了。

「是新手吧？自以爲玩丟石彈藥很多很潮，殊不知一點屁用也沒有。」一樓的留言者無情地潑冷水。

「牽制住四名玩家是挺厲害的，丟石這技能眞的不錯，可以做很多事。可是眞要專攻丟石，肯定會被拿來跟帽匠比較，跟帽匠一比，輸出根本不夠啊，那個愛麗絲有丟什麼攻擊力高的東西嗎？」七樓表示懷疑。

「回樓上，我昨天也在那場對戰裡，那個愛麗絲從頭到尾只丟過一次餐刀，後來就被黑桃二先生的冰彈和火炎彈解決了。」

「看到帽犯成性的攻擊力，他應該後悔走丟石路線了吧？人家開槍不用一秒，還有各種既實用又具備高傷害的子彈，何苦爲難自己玩丟石？」

「而且制住四名玩家這種事，毛蟲能輕輕鬆鬆做到。現在沒有人玩丟石流了，頂多副修丟石，他是個愛麗絲，可以主修小愛麗絲副修丟石，大部分的小愛麗絲都是這麼玩的。」

江牧曦陷入了沉思。

這些玩家說的不無道理，如果沒有傷害力夠高的彈藥，要打贏帽犯成性幾乎是天方夜譚，他的香蕉鮮奶油陷阱根本沒有用。

但有一點他很疑惑。

《愛麗絲Online》中的彈藥，眞的全都公開了嗎？

「眞正可以左右戰局的強大技能書只能在高等副本取得，或是只有強大的BOSS會掉落，因此大部分的丟石技能書都是廢物。」

夜夜笙歌曾經說過這番話，這幾天江牧曦也瀏覽過目前已知的技能書資料，雖然有些確實很強大，但沒有一種強大到能扭轉大家對丟石流的看法。

他不相信丟石流沒有前途，這麼好用的技能，肯定就像紅鶴一樣，在等待一個玩家來發揚光大，證明其價值。如果沒有人玩得好紅鶴，大家就會說這條路線難練、沒前途，但偏偏遊戲裡就是有那麼幾個玩家可以把紅鶴玩得神乎其技，所以大家雖然抱怨紅鶴難練，卻不否定這條路線存在的意義。

丟石流的用處還未得到證明，江牧曦相信這不外乎是因爲缺乏強大的彈藥，以及沒有強大的玩家。

「要放棄，也得等我眞的束手無策才行。」他望著螢幕低喃，正準備回到上一頁時，眼角餘光瞄到一則留言。

「呵呵，大家是沒把海龜先生放在眼裡？被海龜打得哭天喊地叫媽媽的日子忘了嗎？」

海龜？

江牧曦睜大眼睛，心跳不自覺地加速。

他覺得自己似乎看到點希望了。

「海龜先生？」當艾利西把自己的想法告訴夜夜笙歌後，夜夜笙歌嚇得手上的煙管差點掉到地上。「你、你要打假海龜？認眞的？」

艾利西用力點點頭。「我查過了，目前還沒有彈藥出自海龜副本，不是每個副本都會掉丟石技能書嗎？海龜先生一定也是。」

「……那你有查過海龜先生副本的資料嗎？」

「唔，聽說很難打。」艾利西低頭思索。這他倒是沒怎麼了解，他一向習慣先上了再說。

「小菜鳥啊……」夜夜笙歌一手搭在艾利西肩上，語重心長地說：「那可是六十等的副本，貨眞價實的六十等副本，是目前最高等的副本之一，一般玩家沒到六十等根本不敢去。」

「那得努力變強了。」艾利西皺著眉。六十等對現在的他來說太過遙遠，究竟要練到什麼時候才能六十等？如果練到四十等能不能去偷打看看？

見艾利西認眞思考著，夜夜笙歌苦笑。不過仔細想想，他自己也老是嚷嚷要打敗大神，好像沒什麼資格說人家。

夜夜笙歌鼓勵似的摸摸艾利西的頭。「沒關係，咱們都以打倒大神爲目標了，再多隻海龜也不會怎樣。只不過你現在還太弱，恐怕不用等見到海龜就掛了，先繼續練等吧。」

「嗯！」艾利西點點頭，又散發出開小花的幸福氣息，這次夜夜笙歌可沒有錯過了。

「喜歡被摸頭？」

「有一點。」話雖這麼說，但艾利西已經瞇起眼，似乎很享受的樣子，夜夜笙歌見狀不禁失笑。

「你如果表現得好，我就會摸你的頭當獎勵。」他覺得自己好像在訓練大型犬，帶著狗狗打大神，感覺挺不錯。「像是在撲克競技場獲勝、打敗帽犯成性之類的，當然，如果給我你的手機號碼，我也會摸你的頭。」

「咦？」聽見意料之外的舉例，艾利西抬起頭。

「現實中的你應該不是金髮吧？」夜夜笙歌沒再多說，反而轉開話題，歪到太平洋去。

「不是，這只是爲了符合愛麗絲的形象而調整的。」望著夜夜笙歌，艾利西嘿嘿一笑。「如果夜夜能保證不會綁架我，或是留我的手機去訂披薩的話就行。」

給手機號碼什麼的，他不是很在意，身爲大學生，他常遇到需要提供自己的手機號碼的情況，而且公關活動做多了，他早就習慣有不認識的人打來，先問問是什麼事再說。更何況他是男的，更不覺得自己有什麼必須警戒的地方。

「我不會做這種事。難道有人留你的手機去訂過披薩？」夜夜笙歌有些哭笑不得。

交換手機號碼後，兩人準備展開每日例行的練等任務，不過今天他們不打野怪了，而是要刷副本。

一講到刷副本，艾利西立刻興奮地提議：「我們應該邀請大神！」

「……」

「既然要打倒大神，當然得想辦法多了解他，知己知彼，百戰百勝嘛。每天在競技場等著幸運碰上太不實際了，直接抓大神一起刷副本比較快。」

艾利西的說法不無道理，夜夜笙歌的臉色卻不太好看。無奈的是，艾利西正在興頭上，不等他回應就發了密語給帽犯成性。

【密語】艾利西：大神大神，一起刷副本要不？

不到一秒，帽犯成性就回覆了。

【密語】帽犯成性：滾。

毫不留情的態度讓艾利西不禁感嘆，果然是大神啊。

【密語】艾利西：別這樣嘛，交流一下。跟我們組隊很有效率，不會後悔的。

【密語】帽犯成性：別讓我說第二次。

【密語】艾利西：來啦來啦來啦，你也不可能每晚泡在撲克競技場，來玩嘛。

艾利西鍥而不捨，還發了個愛心符號過去，結果帽犯成性炸毛了。

【密語】帽犯成性：聽不懂人話是不是？再講，以後見一次殺一次，給我滾！

「大神好固執，說不組就不組。」艾利西再度嘆息一聲，這才放棄糾纏。

「算了吧，那傢伙標準很高的，他只跟高手組隊。」夜夜笙歌沒好氣地說。

這憤慨的語氣讓艾利西嗅到八卦的味道。「夜夜以前跟他組過？」

「組過一次，那時剛開服不久，大家的等級都還不高，所以就隨便組了。當時我對毛蟲的玩法還不是很熟悉，從頭到尾被他罵得狗血淋頭。」說到這件事，夜夜笙歌就有氣。「偏偏他本身又無可挑剔，那傢伙的技巧是真的很好……但說實在的，誰沒有新手的時候？那種仗著自己強就亂嗆人的傢伙，我最看不起。」

艾利西忽然明白了。「所以你才想贏過他？」

「沒錯，我不喜歡那種人，他的眼中完全容不下新手與技術差的玩家，我要讓他知道，即使是曾經被他瞧不起的雷隊友，有天也可能比他厲害。他太目中無人了，想挫他的銳氣，就必須在撲克競技場打贏他。」

艾利西想到了同樣是這種人的蘭斯洛特。就如同夜夜笙歌所說，人人都不喜歡雷隊友，可是每個人都有當雷隊友的時期，很少有人一開始就玩得很好。

有些人和夜夜笙歌同樣熱心，願意主動協助新手，也有些人像帽犯成性那樣，無法容忍新手的錯誤，艾利西很慶幸自己一開始就遇到夜夜笙歌。

他並不懷疑自己的能力，但也不會狂妄自大。他跟夜夜笙歌一樣是行動派，如果能證明自己的價值，他當然會全力以赴，若失敗了，他也會摸摸鼻子接受責難。

「走吧。」他拉起夜夜笙歌的手，笑嘻嘻地開口。「要打倒大神，實力必不可少。」

夜夜笙歌望著那明亮的笑容，方才湧上的不快頓時消散不少。他點點頭，重新揚起一如既往的從容微笑。

「歡迎加入紅心城副本的行列，小菜鳥。從今天開始，你也是趕時間的一員了。」

♥

這回艾利西終於來到紅心城的副本外，據他所知副本是一個巨大的迷宮，城堡就坐落於迷宮中。不用說，刷這副本肯定要花上許多時間。

紅心迷宮外圍是足足有三尺高的玫瑰叢籬笆，一條街道緊鄰著籬笆，玩家可以沿著街道繞迷宮一圈。當艾利西和夜夜笙歌來到街道上時，只見有一堆玩家沿著街道在迷宮外圍狂奔。

「來不及了啦！」一名毛蟲術士氣喘吁吁地跟在一名白兔後面，整個人快虛脫。

「說什麼傻話，就在隔壁區而已，你不想遇見隱藏BOSS了嗎！」白兔氣呼呼地拉上他。

「他們到底在趕什麼……」對於紅心城的玩家永遠都在趕時間這點，艾利西眞心覺得莫名其妙。即使已經抵達紅心城的中心，還是時不時會看見時鐘的存在，無論是地上的投影，還是嵌在花叢中的時鐘，都無不提醒著眾人時間。

走了一陣子，他們看見迷宮的其中一個入口，是一扇雕工精緻、攀滿了玫瑰的大門。好幾名玩家聚集在大門前，有些人頭上浮著文字泡泡，裡頭寫著與副本有關的訊息。

「花園副本徵人，打手缺二，再五分鐘就開始了，要的快加。」

「審判副本缺一，愛麗絲別來。」

「惡夢模式徵人中。」

艾利西好奇地打量那些文字泡泡，此時又有一些玩家趕到，門前的玩家越聚越多。而夜夜笙歌也頂了個文字泡泡招兵買馬，很快便招到了兩人，一名是白兔，ID胡椒兔肉湯，另一名則是愛麗絲，ID阿利葉。

艾利西本想問爲何還要再組一個愛麗絲，但仔細想想，愛麗絲的三個成長路線特色天差地遠，再組一個似乎也不會有衝突，更何況他這個奇葩還是大家都不愛的丟石流。

在他們徵人的期間，大門產生了變化。

攀附在門上的紅色玫瑰紛紛變色，純白的花朵逐漸蔓延，不一會兒，門上的玫瑰統統變成了白色，大門緩緩向裡打開，玩家們一個個衝了進去。

「紅心城雖然有十二個入口，但副本大門只會在分針指向該入口時開啟，且若想遇見隱藏BOSS，就必須在時針與分針交會時進入副本。」

見艾利西神情驚訝，夜夜笙歌笑著解釋：「所以這裡的玩家才會永遠都追著時間跑，分針每五分鐘換一次位置，紅心城又這麼大，怎能不跑？現在是半夜一點整，分針來到了十二區，到了一點五分時，分針又會移動至一區，屆時想進副本就得前往一區。」

終於明白原因的艾利西只有一個感想：「紅心城的玩家好忙啊……」

怪不得他們永遠都在跑，廢話，副本入口會不斷變換，稍微沒注意就跑遠了，怎能不趕？

「急性子的玩家很容易被紅心城逼瘋。」夜夜笙歌感嘆。「其實錯過也沒什麼，就算是要打隱藏BOSS，最多就是再等一個小時左右而已。」

「就是說，一個晚上有好幾次機會呢，大概只有像黑桃二先生那樣的人才會爲此焦慮吧。」

「……」

隱隱感受到莫名的瞪視，艾利西轉過頭，結果就這麼巧，瞪著他的人正是方才被他調侃的軍火帽匠。

「焦慮錯了？你有意見？」帽犯成性的語氣十分冰冷，槍口還抵到了艾利西的額上。

「你這是做什麼？堂堂大神欺負新手像話嗎？」夜夜笙歌推開帽犯成性的槍，

在副本門口高聲質問，頓時引來不少側目。

而剛剛受到生命威脅的艾利西卻一點也不在意，他看著孤身一人的帽犯成性，笑嘻嘻地開口：「雖然拒絕了我，咱們卻遇到了，這眞是命中注定啊，大神。組隊吧？」

「滾。」

「可是這裡已經沒有多少隊伍，再這樣下去，大神你就要在五分鐘內跑到一區了。」

【密語】夜夜笙歌：你眞心想組他？不是跟你說了，他的標準很高，不怕被他罵到臭頭嗎？

【密語】艾利西：越了解大神對我們越有利！而且被罵什麼的，其實我不是很在意。

【密語】夜夜笙歌：……

到底是艾利西天生有M屬性，還是因爲大神覺醒了M屬性，夜夜笙歌已經不想深究了。他瞄了一眼帽犯成性，心想這傢伙總算碰到了對手，帽犯成性的氣場對艾利西毫無作用，倒是另外兩個隊員已經快被嚇死了。

「你就是昨天在競技場扔鮮奶油的愛麗絲對吧？你以爲我不知道你有幾斤幾兩重？還敢跟我提效率？」帽犯成性上下打量艾利西，滿臉不屑。

「你又沒跟我組隊過，怎麼會知道？」

「滾！」

「那、那個……副本大門快移動了……」阿利葉弱弱地開口。

夜夜笙歌嘆了口氣，只好親自出馬。「黑桃的，你要刷啥？」

「花園副本。」

「你熟悉從這裡進去的路線嗎？」

「……」

「我比你熟悉。現在咱們還談不談效率？」

「……」

進了副本，艾利西立刻搖著尾巴高興地說：「夜夜好厲害！大神三兩下就被你抓進隊伍了。」

「那是當然，因爲我是智者毛蟲。」

「眞、眞的加入了……」阿利葉心驚膽戰，見帽犯成性渾身散發生人勿近的氣息，他忍不住拉開一點距離。

「往好處想，有大神在肯定會刷得很快。」一旁的胡椒兔肉湯拍拍他的肩膀，聊表安慰。

此刻他們站在迷宮入口，夜夜笙歌並不著急，邊走邊向艾利西說明：「紅心城的副本分為花園副本和審判副本，在花園副本中，玩家的活動範圍僅限於這座迷宮，審判副本的活動範圍則在城堡裡，所以如果選擇審判副本，一開始就會移動至城堡門口。另外還有惡夢模式，這個模式是把兩個副本串聯起來，難度將大幅提升。」

「好險迷宮的複雜度不會跟著提升，不然真的會崩潰。」阿利葉跟著補充，目光望向遠方。「原本的設計已經夠折磨人了，通常一般的副本進入後就無法離開，除非叫出系統介面退出對吧？但紅心城的副本非常惡劣，出口隨時開啟，一旦跨過白玫瑰大門，就等同於退出副本。我曾經花了三小時闖迷宮，最後只是從三區移動到六區而已。」

「還有那個白玫瑰指針！他媽的！有一次我在時針和分針交會時進去，想說只要一直往內走尋找白玫瑰的蹤跡，遲早會抵達城堡，結果卻不知不覺跟到分針！我在迷宮裡走了整整五小時，一直跟著分針繞圈子啊啊啊！」胡椒兔肉湯崩潰地抱頭哀號。

「早有人說過跟著白玫瑰走不可靠了，你偏偏要這麼做。白玫瑰的存在只是幫我們確定當前的位置而已。」夜夜笙歌懶洋洋地說。

艾利西望著高聳的玫瑰籬笆牆，方才他們一進來就看見了白玫瑰。無數白玫瑰在迷宮中綻放，正所謂當局者迷，旁觀者清，得從上方俯瞰才能發現白玫瑰就是紅海中的巨大指針。

艾利西現在眞的搞不清楚自己在哪，只能透過白玫瑰的存在與進入副本的時間勉強推測出他們現在應該來到了一點鐘方位。

「十二門、四門、七門、十門是目前公認最好走的幾個入口，小菜鳥，如果以後想刷這副本，記得選這四個入口。」

「……」一股彷彿要殺光在場所有人的恐怖氣息從眾人背後傳來，嚇得阿利葉和胡椒兔肉湯退到艾利西跟夜夜笙歌身後。

「說好的效率？」帽犯成性冷冷問。他是因爲有個熟悉路線的人才加入的，但這群人居然像飯後散步一樣在副本閒晃？耍他嗎？

「別急，我也只知道個大概而已，怎麼可能全記起來？這可是第一次接觸的話必須花上三小時破關的超級迷宮啊。」

說著，夜夜笙歌不禁感慨。

想當初剛開服時，玫瑰迷宮的討論度就相當高，如今十二道入口的路線都被摸清了，仍有許多人爲迷宮所苦。沒辦法，從上空看跟實際身處其中的感覺完全不一樣，更何況迷宮裡有怪，跟怪打一打就忘了自己身處何方這種事也很正常。

此時艾利西注意到一個很嚴重的問題。

「……沒有時鐘了。」他左顧右盼，就是找不到在紅心城內多到氾濫的時鐘，他們目前應該還在一點鐘方位，但分針已經遠離了。

玫瑰迷宮的玩家不能追著白玫瑰跑，卻不能不注意白玫瑰的存在，尤其在迷路的時候，它可以幫助玩家判斷自己在幾點鐘的方向。可現在時鐘沒了，他們要從何判斷起？

「副本裡的時鐘只有一個。」夜夜笙歌指向幾乎快被高聳灌木遮住的紅心城堡。「但那個時鐘面對的是六點鐘方向，只有位於四點到八點鐘方向的人才看得到。」

「我可以判斷出大概的路線，但無法百分之百確定。小菜鳥，在我們經過的地方丟些顯眼的東西到地上，免得碰上迷路的狀況。」

「丟石流！」胡椒兔肉湯讚嘆。「我都忘了還有這個解法。」

帽犯成性臭著臉跟隨他們，並沒有說什麼。他曾經在這個副本裡一路直衝，但一味地跑結果只是越跑越亂而已，到最後他根本不知道自己在哪。這不是個光憑埋頭衝殺就能過關的副本，打怪是其次，走出迷宮才是重點，而夜夜笙歌的謹慎正是爲了降低走錯路線的機率。

「說起來，大神應該會比較喜歡能一路衝到底的副本吧？爲何要來打花園副本？」艾利西有些好奇，帽犯成性看起來不像會耐著性子走迷宮的人。

「……解任務。」

「啊，是那個要收集女王信物的任務嗎？」胡椒兔肉湯插話。

「女王信物？」

「這是主線任務，在打倒花園副本的女王後，女王將有可能掉落信物，要帶著女王的信物去找獅鷲獸才能開啟下一段任務，否則牠不會理你。」夜夜笙歌解釋。

「牠會。」阿利葉喃喃。「有人攻擊過獅鷲獸，結果被秒殺。」

「……」

「總之……」夜夜笙歌咳了一聲。「必須有信物，獅鷲獸才會帶你去海龜副本的所在處，海龜副本在一座海島上，沒有飛行系坐騎無法自行前往。不過海龜副本不包含在主線任務裡，只要跟海島上的海龜對話就行了，副本是額外的劇情。」

說到此處，夜夜笙歌哼笑一聲，幸災樂禍地瞄了帽犯成性一眼。「我還以爲大神的主線任務已經跑到很後面了呢，結果還在紅心城啊。」

「你以爲我想嗎！」提起這件事，帽犯成性就有氣（雖說他很少有不生氣的時候），他當然想快點解完任務，但信物死都不掉，他又能怎樣？帽犯成性實在對這副本感到噁心，每次破關必定要花三個小時以上，東西沒掉還得重來，眞心坑人。

聞言，另外幾人卻露出奇怪的表情。

「大神刷幾次了？我一次就掉了啊。」

「主線任務的東西怎麼會難掉？又不是極品裝備。」

艾利西率先察覺眞相，他嘆息一聲，誠實地開口：「大神果然人品不好啊。」

「……」

阻止了差點就要發生的謀殺隊友事件後，眾人繼續前進。

一路上由夜夜笙歌帶領，艾利西丟東西標記走過的路線，眾人很順利地離紅心城堡越來越近。雖說他們的目的地是城堡後方的花園，但只要抵達城堡，便能貼著城堡走進花園。

在路途中，他們遇到不少撲克牌士兵，士兵的體型將近兩尺高，並非扁平的紙牌，而是有人類般的身軀，每位士兵的胸口都烙印著撲克牌花色的標記，身著的鎧甲顏色分成紅色與黑色。夜夜笙歌表示紅色士兵的防禦力較高，黑色則是攻擊力較高，只要看準弱點就能順利解決。

對艾利西等人來說，這些撲克牌小兵很好對付，因爲他們的隊伍中有高輸出的職業，帽犯成性開幾槍就解決得差不多了。而且在迷宮中，通常只會迎面遇到一隻怪，五打一非常輕鬆。

花園副本是以走出迷宮爲主，打怪爲其次的副本——本是如此才對。然而他們忽然聽見附近傳來沉重的踏步聲，隨後響起宏亮的狂笑。

「不會吧……」阿利葉臉色慘白。

「我們不是在指針重疊時進來的，爲什麼會遇到那傢伙……」胡椒兔肉湯一臉頭痛。

「早知道就收一個白皇后了。」夜夜笙歌大嘆。

這副本沒什麼難度，不必特別挑職業，眾人無腦打一打就可以過，困難的地方僅是在於如何通過迷宮而已。但好死不死，他們這支隨便組組的隊伍遇到隱藏BOSS了。

隱藏BOSS會隨機在副本中出現，想挑戰的人都會選擇指針重疊的時候進入，不然一般情況下遇到隱藏BOSS的機率低得可憐，可是偏偏讓他們遇到了。

「是紅心騎士，我們挑到他在巡邏的時間了。我們沒有白皇后，別跟他打。」夜夜笙歌語氣凝重。「那傢伙防禦高血又厚，要打很久，我想你們應該都沒帶那麼多藥水進來。」

另外三名隊員搖搖頭，帽犯成性則是哼了一聲。

「要遇到他也有難度吧？這裡可是迷宮啊。」艾利西跳了跳，試圖找到紅心騎士的身影，但四周的灌木叢太高，他看不見。

「沒錯，所以也不用太擔心，繼續前進。」

現在連艾利西也覺得這副本坑人了，隱藏BOSS即使出現在副本裡，想遇見也得靠運氣，這遊戲怎麼什麼都需要運氣？

原本可以輕鬆打打的副本在冒出紅心騎士後，再也沒有人輕鬆得起來，因爲沒人知道何時會撞見紅心騎士。尤其隨著時間流逝，紅心騎士沉重的腳步聲越來越清晰，狂傲的笑聲也越發接近。

在紅心騎士從與他們只有一牆之隔的路徑經過後，胡椒兔肉湯終於忍不住了。

「泥馬！這BOSS給人的壓力也太大了吧！要麼就過來打，要麼就離我們遠點，一直在旁邊繞是哪樣啊啊啊！有夠緊張，可以不要這樣嗎？」

「看到了！」努力跳高的艾利西興奮地說。「他跟城牆一樣高，看起來好強。」

「就是因爲這樣，紅心騎士在玩家心中才會榮登『最令人崩潰的隱藏BOSS』寶座。」阿利葉縮了縮身子。「想遇遇不到，想躲躲不掉，會不會碰見一切聽天由命。」

「小菜鳥。」夜夜笙歌忽然開口，語氣有些嚴肅。「那個紅心騎士剛剛往哪個方向走？」

「嗯？跟我們同方向，現在算是並肩而行。」

聞言，眾人紛紛停下腳步。

前方幾尺正好是與旁邊那條路相通的轉角，只要再前進下去，他們就會轉角遇到騎士了。

「要、要不要往回走？」阿利葉怯怯地問。

「但我記得正確的路是這邊。」夜夜笙歌說完，再度邁開步伐。「沒時間了，再這樣下去他可能會堵住我們的去路，快跑！」

一行人二話不說拔腿狂奔。開玩笑，被王追著跑絕對比被王堵住去路來得好，而他們經過轉角時，果然遇見了紅心騎士。

紅心騎士全身罩著厚重的酒紅色盔甲，手持一柄長劍，以及高度有他三分之二身長的大盾。將近三尺高的他，身軀巨大得幾乎要堵住整條通道，當發現艾利西等人後，他馬上大吼一聲「發現入侵者！」並朝他們奔來。

「這是何等的運氣啊，踩到有隱藏BOSS的副本還真的撞上，偏偏打不過！」胡椒兔肉湯無奈地大嘆。

遇到紅心騎士這件事足以羨煞一堆玩家，有多少人想遇卻無緣？可惜他們的隊伍沒有刻意挑過職業。其實紅心騎士不難拿下，只是血多皮厚，非得打持久戰不可，對他們這支沒坦也沒補的隊伍來說十分不利。

「大神你不是大神嗎？打打看不？」艾利西滿臉期待，卻被帽犯成性瞪了一眼。

「是要打多久？那傢伙物理防禦高，我的普攻能造成多少傷害？」

「咦？」

「打紅心騎士的最佳組合是紅心騎士、白皇后、紅心女王。我們統統都沒有，打個屁，反正也不會掉寶。」

艾利西很快意識到最後那句話才是重點，於是好心地說：「別擔心，如果寶掉了我分你！我人品不錯的！」

「我現在就可以讓你的人品降到負值。」即使在奔跑當中，帽犯成性仍是槍口一轉，精確地對準了艾利西的太陽穴。

「大神，我們現在是隊友，你無法對我造成傷害的。」艾利西笑嘻嘻地說完，不經意地瞄向旁邊，發現大事不妙。

「咦？夜夜他們呢？」

夜夜笙歌等人失去了蹤影，唯一沒消失的是紅心騎士。

「看樣子分散了。」帽犯成性嘖了一聲。他剛剛顧著跟艾利西吵架，沒注意到跟隊友失散，這下麻煩了。

在迷宮副本裡最怕的就是和隊友走散，都分開了，這王是打還是不打？要是一人單刷就可以過的話，也用不著組隊了。而且這裡又是個極容易迷路的地方，只要彎錯一條路，想再找回隊友就相當困難。

【隊伍】阿利葉：大神跟艾利西你們跑到哪去了？我們在座標251,556，快來啊！

【隊伍】帽犯成性：你走給我看！如果報座標就能找到路，還用得著花這麼多時間破迷宮嗎！

帽犯成性快瘋了，這個隊友欠打，那個隊友天兵，說好的效率呢？效率早就跟白玫瑰一樣跑得老遠了！

他簡直恨不得掐死身旁的艾利西。

這時，艾利西忽然嚴肅地開口：「不行了大神，我得留下標記，不然我們一定會迷路。」

「我們已經迷路了。」帽犯成性冷冷表示。

艾利西不予回應，逕自轉身開始扔起鮮奶油，滿地的鮮奶油讓紅心騎士腳底打滑，整個人摔了個狗吃屎，而帽犯成性瞬間暴怒，終於忍不住打了艾利西的頭。

「丟什麼屁奶油！等等走到死路的話我們要怎麼折返！你他媽不能選個不害自己人的彈藥嗎！」

於是，艾利西丟出了紅心女王的寫真照。

帽犯成性再度崩潰，準備伸手掐死這名豬隊友，倒在地上的紅心騎士卻忽然激動地爬過來，一把抓起寫眞照認眞盯著，接著十分猥瑣地咧嘴一笑，臉上還浮現紅暈。

「……」

「原來是這樣用啊！」艾利西興奮地說，連忙丟出更多寫眞照，紅心騎士被滿地的寫眞照迷得分不清東西南北，樂得這張瞧瞧那張看看。見狀，帽犯成性煩躁地開了一槍，紅心騎士居然沒有理會。

「趁現在，走！」帽犯成性二話不說衝向紅心騎士，一腳踩到背上，把紅心騎士當成踏板躍了過去。

方才因爲紅心騎士龐大的身軀幾乎塞住通道，讓他們過不了，只能一個勁地往前衝，如今有了機會，帽犯成性當然想折返原地，畢竟離隊友越遠，就代表他們攻略副本得花越多時間。

艾利西錯愕地望了大神一眼，最後選擇從紅心騎士身旁擠過，笨拙的動作令帽犯成性大翻白眼。沒等艾利西通過，帽犯成性就抓住他的手，拉著他疾行而去。

「大神不打嗎？」艾利西有些訝異，好不容易發現紅心騎士的弱點，這應該是個絕佳機會才對。

「打屁，光憑我們兩個要打多久？我不是說過了嗎！」

「寶掉了我分你啊，我只要丟石技能書。」

「閉嘴。你敢再提人品、掉寶什麼的，我就把你丟去餵紅心騎——」帽犯成性話還未說完，艾利西忽然感覺自己整個人被用力向前一拉，栽到了地面。

「……」

由於顧著大罵，帽犯成性完全忘了艾利西方才扔了滿地鮮奶油，沒注意腳邊的他一個打滑，拉著艾利西摔在了地上。

因爲調整了痛感程度，摔倒並不痛，但帽犯成性第一次有了想離開撲克競技場的衝動。

一直以來，不管遇上什麼對手，他都是好整以暇地待在撲克競技場，等待有緣再相見。但就只有這個人，對，只有這個渾蛋，使他玩這款遊戲後第一次有了奔向一般競技場要求單挑的衝動。

至於堂堂大神虐新手這點？誰管他！這傢伙虐個千百次都不夠洩憤！

「看來鮮奶油還是對你有用的！」艾利西坐起來，興奮地說。他這個罪魁禍首反倒沒沾到多少鮮奶油，因爲他摔在了帽犯成性身上。

帽犯成性正想破口大罵，但仰躺在地上的他隨即看見紅心騎士走到他們身後，舉著巨大長劍就要砍來，因此立刻一發麻痺彈打過去。

「你這個渾蛋！」帽犯成性咒罵一聲，不等艾利西從他身上移開就先自行爬起身，順便把人拉起。他眞的很擔心艾利西再闖什麼禍，於是索性抓著人跑，並邊跑邊叫出裝備欄，手指在系統介面飛快點擊。

艾利西還來不及問他在幹什麼，滿身奶油的帽犯成性已經瞬間煥然一新，身上換成深藍色的帽匠裝。

艾利西嘆息一聲，再度誠實地開口：「大神，你的脫衣速度也是一流啊！」

一張冰冷的臉轉過來，對他使出如來神掌。

這下他眞的被推去餵紅心騎士了。

待艾利西和帽犯成性好不容易與夜夜笙歌等人會合後，眾人驚慌地圍了過來。

「嚇了我一大跳，剛剛看你的血量快降到底，還以爲你要死了。沒事吧？」夜夜笙歌檢查著艾利西的傷勢，順便丟給他幾瓶水。「我們沒白皇后，死了會一路仆街到打完副本，小心點啊。」

「沒、沒事……千鈞一髮之際，大神把我拉回來了……」想到當時的情景，艾利西心有餘悸。

不愧是隱藏BOSS，那攻擊只有猛一個字可以形容，才被砍一次他就快死了，慌亂之中連要丟什麼都不知道，好在帽犯成性最後把他救回來。

顯然在大神心中效率優先於仇恨，殺人洩憤什麼的，等出副本再說。

一旁的胡椒兔肉湯好奇地問：「大神怎麼失蹤一下就換了新裝？」

帽犯成性惡狠狠地瞪去一眼，嚇得胡椒兔肉湯不敢再開口。

既然艾利西沒提被他推去餵王的事，帽犯成性也不打算把他換裝的前因後果說出來。帽犯成性承認自己是凶惡了點，但並非不通情理，雖然說來說去根本全是艾利西的錯。

喝了幾口藥水後，艾利西覺得自己好多了。他扭頭望了下四周，他們已經擺脫了紅心騎士，白玫瑰再度出現在視線中，在他們重新整頓狀態時，白玫瑰始終一動也不動，看樣子是時針的玫瑰。

「我們現在在三點鐘方位。」夜夜笙歌說。「如果我沒弄錯，應該快到了，再加把勁吧。」

「過了這麼久了啊。」艾利西愣愣地回。這迷宮出乎意料的大，不知不覺就過了兩小時。

「基本上通關需要三個小時。」阿利葉垮著肩膀。「不過這恐怕是我第一次在三小時內破關……有記得路線的人真是太好了。」

「一般副本都有首殺跟最速通關紀錄吧？最速通關紀錄是多久？」

「五十分鐘。」

艾利西瞠目結舌。三小時的副本只花五十分鐘就破關，這得要多熟門熟路才辦得到？

「那位帶隊破關的玩家同一條路走了幾百次，所以一進來就能準確地一路跑到終點，而且這也不是怪很強的副本，熟悉路線後，就可以組暴力輸出隊輾過去了。」

「……這肯定要有愛才做得到。」艾利西光是用聽的就已經覺得很不容易，而且要從同一條路線進去還必須抓準時間，整晚刷了又等、等了又刷，根本不用做其他事了，他衷心佩服這份挑戰最速通關的毅力。

當他們離城堡越來越近，也越來越能感受到建築的宏偉，怪不得可以自成一個副本，想來審判副本肯定也得花不少時間才能通關。

一行人繼續前行，不久，前方豁然開朗，寬廣的庭院出現在視線中。

只見紅心女王和一群身著華服的貴族正揮舞著紅鶴打槌球，只是那球竟是刺蝟。撲克牌守衛們慢吞吞地四處撿回被打出去的刺蝟，或重新架好被擊倒的球架，如此歡樂頹廢的場景讓帽犯成性不禁皺眉，艾利西則是眼睛一亮。

「好多彈藥啊！那些刺蝟都可以拿來丟吧？」雖然其實只要舉起手，刺蝟就會出現在他的手中，但從地上撿別有一番趣味。

「……」帽犯成性不想發表意見，他已經給艾利西貼上怪胎的標籤了。

「好了，開始吧，等等小心不要被踩到。」夜夜笙歌懶洋洋地說，走進庭院。

當他踏入庭院的那一刻，場中的貴族紛紛驚叫出聲，卻不是因爲他的闖入，而是因爲他們手中的紅鶴球桿。

被當成球桿的紅鶴紛紛發出抗議的尖叫聲，胡亂拍著翅膀扭動身子，掙脫落地後便開始攻擊周遭的人，現場頓時大亂。

其中最具威脅性的，莫過於紅心女王所持的紅鶴。

女王手上的紅鶴叫得最大聲，牠瘋狂地掙扎，最後用力啄了女王的頭，脫離了她的掌控。牠站直身子，揚著翅膀高聲尖叫，身體越變越大，最後居然成了高達五尺的巨大紅鶴。

變成巨鶴的牠垂下頭，第一眼就看見一旁的艾利西等人，於是殺氣騰騰地厲聲大叫，戰鬥瞬間宣告開始。

「原來紅鶴是BOSS啊。」艾利西驚訝地說。他原以爲是女王，畢竟連紅心騎士都能當王了。

紅鶴沒有給他們太多反應的時間，只見牠修長的頸子猛然一伸，襲向他們，當鳥嘴逼近艾利西時，他還呆呆站在原地，幸好夜夜笙歌及時把他拉開。

「小心啊，小菜鳥，被牠叼起來就慘了，不死也去半條命。」

艾利西應了聲，這麼大一顆鳥頭湊過來實在挺嚇人的，他是第一次看見體型這麼大的怪。而紅鶴自然不會等人，牠的頭往後一仰，又要攻擊艾利西。此時一隻大手出現，抓住紅鶴纖細的腳讓牠摔在地上。

「哦哦！」艾利西雙眼放光看向同隊的愛麗絲，阿利葉整個人變得跟紅鶴一樣巨大，絲毫不落於下風。紅鶴伸頭過來想咬，阿利葉立刻一個巴掌甩過去。

「別讓他亂動。」帽犯成性冰冷的聲音傳來，他依舊維持著冷酷的神情，槍聲沒有停過。

阿利葉卻被這句喝斥嚇到，身子一縮，令紅鶴逮到機會脫身，發瘋似的朝帽犯成性衝去。

帽犯成性嘖了一聲，露出不耐煩的表情，準備閃躲。這時胡椒兔肉湯跑過來，一劍刺中紅鶴的頸子，使牠吃痛地仰起頭，夜夜笙歌也吐了口煙遮蔽紅鶴的視線。

對於被隊友所救，帽犯成性沒有半句感謝的話，因爲就算他們不幫忙，他也躲得過攻擊。他看向失誤的阿利葉，表情就好像看著競技場上的敵人。

「你再讓牠脫離控制一次試試看。」帽犯成性的語氣陰沉，渾身散發山雨欲來般的危險氣息。

阿利葉哀鳴一聲，整個人縮成一團，嚇得快哭出來。

見帽犯成性又以高標準要求隊友，夜夜笙歌皺起眉頭，正打算開口斥責時，艾利西的聲音忽然插了進來。

「大神別這樣嘛，每個人都有失誤的時候，你不也有嗎？」他擋在阿利葉身前，嘻皮笑臉地對大神使出挑釁技能。

此話一出，果然成功挑起了帽犯成性的仇恨，他凶狠地瞪著艾利西，怒氣簡直鮮明到快實體化。

「你再說一次？」

「停、停！先打王好嗎？」夜夜笙歌連忙介入，再這樣下去，恐怕王還沒打完，艾利西就會先掛了。他懷疑剛剛兩人失蹤的那段期間，艾利西的血量會急速下滑是因爲大神的關係。

這句話成功喚回了效率先生的理性，對大神而言，事情的優先順序很重要。他的槍身一亮，一發大絕猛然轟中紅鶴的頭，緊接著，他像是要洩憤似的技能連發，招招落在紅鶴的要害，看得眾人都想同情紅鶴一把。

因爲艾利西的關係，使得阿利葉在大神心中的仇恨順序被排到了第三位，因此他鬆了一口氣，感激地看了艾利西一眼，原本嚇到動彈不得的身子也漸漸放鬆，重新恢復行動能力。

這次阿利葉更加謹慎地困住紅鶴，他抓住紅鶴的頭，紅鶴不甘示弱地施展連環踢擊，不過阿利葉抱著即使掛了也不能讓再紅鶴逃脫的決心，死都不肯放開牠的頭。

「再撐一下，快死了！」見他這麼辛苦，胡椒兔肉湯忍不住喊了一聲。

「沒用的傢伙。」帽犯成性毫不留情地抨擊。

由於阿利葉成功制住紅鶴，因此另外四人得以在安全的狀態下展開猛攻，很快便擊敗了紅鶴BOSS。

「呼……」紅鶴倒下後，阿利葉鬆了一口氣，縮回原本的大小，徹底癱軟在地。跟大神組隊太有壓力了，他這個小玩家實在承受不起。

不過此時大神沒心情針對他，紅鶴才剛倒下，帽犯成性便走到艾利西身前，步槍對準了他的腦門。

「你剛剛說什麼？」很顯然的，帽犯成性不打算輕易放過他。

艾利西沒有絲毫畏懼，依舊天不怕地不怕地面帶微笑輕鬆回應：「大神就算再厲害，也不可能不犯錯的。」

「你看到我犯錯了嗎？」

劍拔弩張的氣氛令其他三名隊友捏了把冷汗，夜夜笙歌想上前勸架，卻被艾利西以手勢制止。

「每個人都是在錯誤中越變越強的，大神也不是一開始就是大神吧？」艾利西稍微推開槍管，直接與帽犯成性對上目光。「所以啊——」

他露出爽朗的笑容。

「大神可不能太囂張唷？否則一不小心，就會在競技場中落敗的。」

場面陷入死寂，阿利葉嚇出一身冷汗，而胡椒兔肉湯躲到角落觀戰，只有夜夜笙歌站在兩人身旁，準備一發生衝突就架開人。

「落敗？」像是不敢相信有人會對他說出這個詞，帽犯成性不怒反笑，眼神充滿了鄙視。「我從沒輸過。」

「總有一天會的，大神。」艾利西笑了。「因爲我已經以你爲目標，肯定有那麼一天會打敗你的。」

帽犯成性手一伸，揪住了艾利西的衣領。從大神的眼裡，艾利西看見的盡是輕蔑。「競技場中有多少人想打敗我，他們都沒有成功。就憑你？」

即使被粗暴地抓住，又被凶狠地質問，艾利西仍是既不害怕也不生氣。他打量著帽犯成性那張俊臉，眞心覺得這個人長得非常好看，鼻子高挺，雙眼炯炯有神，大神在現實裡要不是流氓，那肯定是模特兒之類的。

他忽然很慶幸這裡是網遊世界，不然如果有人想跟大神打架，他一定會緊張地拜託大神的對手不要打臉。

帽犯成性盯著艾利西那張蠢臉，越看越覺得不對勁。他很確定他現在的行爲是叫威嚇，但這傢伙好像根本沒接收到他的恐嚇，反而開始欣賞起他的臉了？

「……你有在聽嗎？」

「有、有！我一定會成功的，大神你等我！」

「……」

帽犯成性粗魯地甩開艾利西，惡狠狠地瞪了他一眼，接著叫出組隊視窗脫離了隊伍。

帽犯成性離去後，除了艾利西以外的隊友都鬆了一口氣。

「你這傢伙眞的完全不怕大神啊……」胡椒兔肉湯不知是欽羨還是無奈。

「太、太厲害了……」阿利葉難以想像艾利西是怎麼撐過威嚇的，換作是他一秒就腿軟了。

「太亂來了。」夜夜笙歌搖搖頭。如果這裡是主城或副本之外的地方，艾利西早就被帽犯成性開槍打死了。

「大神人不壞，只是凶了點而已。」艾利西認眞地說。事到如今還在幫對方說話，讓眾人看他的神色更加怪異。

「你眞是個奇怪的傢伙，不過我支持你打倒大神，加油啊。」胡椒兔肉湯邊說邊心不在焉地叫出自己的物品欄，看了下這次的戰利品。遊戲裡的副本掉落物爲隨機分配，只要有對王造成傷害就能拿到。

「一樣是些沒什麼價值的東西啊。」在他喃喃自語的時候，其他人也叫出物品欄確認，結果只有艾利西「啊」了一聲。

他的手中冒出一個東西——一隻淺粉色的紅鶴。

這隻紅鶴簡直是方才那隻紅鶴BOSS的縮小版，牠面無表情直視前方，身子十分僵硬。

艾利西查看了物品資訊，名稱用金色字體寫著「女王的紅鶴」。

「是金武！」胡椒兔肉湯驚呼出聲。「人品爆發啊！這可是愛麗絲成長中期的神器！」

「你又被幸運之神眷顧了呢，小菜鳥。」夜夜笙歌笑著說。「第一次下副本就遇到隱藏BOSS，還拿到金武。這個遊戲的武器分爲白、綠、藍、紫、橘、金，橘色是玩家所能製造出來的最高等級，而金色則是遊戲中所能取得的最高等武器。」

艾利西仔細打量紅鶴，順手揮了揮。

對於第一次下副本就得到愛麗絲夢寐以求的神武，艾利西的感想是——

「可是我不用紅鶴耶。」

「……」

Chapter 4 夢遊到帽匠面前

後來艾利西決定把紅鶴賣掉，畢竟他用不到紅鶴，而且他很缺錢。丟石技能需要花費大量的金錢與心力精進，能有一筆財產自然是最好的。

與其他隊友道別後，艾利西與夜夜笙歌恢復成兩人隊伍。這次闖副本爲艾利西帶來許多新鮮的體驗，也讓他掌握了更多關於帽犯成性的資訊。帽犯成性的強悍名不虛傳，想打贏他肯定不是一天兩天就能辦到的事。

「夜夜，大神拿的是突擊步槍對吧？他是走純突擊步槍路線？」

想到帽犯成性手上那把黑得發亮的突擊步槍，艾利西沉思起來。

帽匠跟愛麗絲一樣分爲三條成長路線，一是在近到中距離連射，火力最爲強大的突擊步槍路線；二是以遠距離爲主，攻擊最爲致命的狙擊步槍路線；三是主攻近距離，以兩把手槍打天下的雙槍手路線，而帽犯成性選擇的，正是在帽匠中最受歡迎的突擊步槍路線。

帽匠與紅心女王是《愛麗絲Online》最著名的兩個輸出型職業，女王專精魔法攻擊，帽匠則擅長物理攻擊，兩者各有長處。

每個職業都有五花八門的技能可以學習，但AP畢竟有限，玩家必須有所取捨，再加上還有稀奇古怪的丟石技能，所以即使是同一個職業，玩家們依然能各自培養出獨一無二的角色。

有些人會純修特定路線的技能，也有些人會主修一條路線，副修其他路線，要怎麼做全看個人。而帽犯成性向來只拿突擊步槍，因此艾利西推測他可能只點了這條路線的技能。

「我不清楚，但確實沒聽說過他拿其他槍種。」夜夜笙歌聳聳肩。他像是想到了什麼，又轉頭說：「說起來，你跟黑桃二先生眞的完全是相反的類型，怪不得他會看你不順眼。」

「怎麼說？」

「你選擇了一般人不會走的路線，以出奇不意的打法爲特色，帽犯成性則跟你相反，他選了熱門的職業、熱門的養成路線，戰鬥方式也中規中矩。雖然他在競技場的名聲不好，卻被其他帽匠玩家視爲模範，不少帽匠玩家會錄下他在撲克競技場的戰鬥畫面，製成教學影片，因爲他的動作實在太標準了。出手時機精確、動作精確、走位也精確，這傢伙眞該去當教學NPC。」

「有他的戰鬥影片？」艾利西雙眼放光，這下又多一個了解帽犯成性的管道了。

想起大神凜冽的英姿，他忍不住露出淡淡的微笑。不畏任何困難的眼神、冷酷凶殘的攻勢，只有這樣的戰神才能令他燃起鬥志。

遊戲嘛，沒有BOSS就不好玩了。

隔天，江牧曦馬上付諸行動，將網路上有關帽犯成性的影片統統載下來，不過戰鬥過程清一色全是大神一面倒虐殺，能與大神打得不相上下的對手很少。

「大神眞是所向披靡……」他下意識喃喃出聲，坐在他附近的朋友聞言全靠了過來。

「你到底在看什麼？整個早上幾乎都在玩手機，該不會戀愛了吧？說！對象是誰！」

「不是啦，我——」

「這不是男的嗎？長得挺帥的耶。」一名女性朋友湊近，抓著他的手機興奮地說。

「什麼？我看我看！呿，是對戰影片啊。」另一名男性友人失望地說。「還以爲有料可挖。你怎麼突然開始玩網遊了？」

「我姊介紹的，意外地有趣。」江牧曦笑了笑。「有空可以一起玩啊，我們一起刷競技場的BOSS。」

「競技場哪來的BOSS？是玩家吧？就只有你這種人會把別人當BOSS刷，被你盯上的對象真可憐。」他的朋友無奈地說，拍拍他的肩。「記得把打贏人家的影片錄下來，讓咱們瞧瞧你的英姿。」

「沒問題。」江牧曦語帶笑意，態度從容不迫。「總有一天會錄給你看。」

♥

幾天後，艾利西根據對帽犯成性的觀察，選購了幾本新的丟石技能書。他這陣子常在紅心市集徘徊，具備一定殺傷力的彈藥在市集是熱銷商品，往往擺出來沒多久就會被買走，所以他得勤逛攤攔截那些稀有彈藥。

今天的紅心市集熱鬧非凡，商人們自個兒吵成一團，客人幾乎都被晾到一邊去了。原因倒不是什麼買賣糾紛，只是他們聊天聊得太起勁而已。

沒錯，就是在聊天。

由於自行擺攤賣東西十分耗時，有些玩家便會自己備些糕點與茶飲，一邊顧攤一邊享用點心，並與隔壁的賣家聊天。久而久之，這裡彷彿變成了野餐場所，有時候都搞不清楚某些人到底是來這賣東西還是野餐的。

「誰怕他們啊！」

「就是！棋盤城又怎樣！我們可是充滿了熱情與愛！」

商人玩家們連攤位都不顧了，全都聚在一起大聲嚷嚷著，場面亂得像是在跳樓大拍賣。

艾利西站在一旁看戲，忽然聽見一個熟悉的聲音傳來。

「咦？這不是艾利西嗎？喂！喂！」

艾利西循聲看去，原來是昨天組過隊的胡椒兔肉湯。對方站在那群商人外圍，正朝他不斷揮手。

「怎麼啦，發生什麼事了？」艾利西走過去，目光仍在吵鬧的眾人中打轉。

「太好了，我們恰好在揪人，你要不要一起？」胡椒兔肉湯開心地問。

「揪什麼？」

「我們剛剛向棋盤城的商會下了戰帖！居然到處說我們紅心商會不務正業又懶散什麼的，哪有不務正業？紅心城的商人可是被譽為《愛麗絲Online》裡最親切的商人呢！」

「商會？這遊戲有商會？」艾利西有些驚訝。

「嗅，這是我們的公會名稱，我們這群人因為經常在這裡擺攤而認識，熟了以後就組公會了。我們公會專門召集喜愛買賣的玩家，棋盤城跟茶會森林也都有類似的公會。」胡椒兔肉湯解釋。「我們偶爾會與其他城的商會進行良性競爭，怎樣，要來嗎？沒什麼壓力的，因為決鬥地點是講求人品的撲克競技場。」

「好啊，我加入。」一聽見撲克競技場，艾利西的尾巴都豎了起來。能多熟悉帽犯成性常出沒的場所自然是好事。

胡椒兔肉湯高興地點點頭，很快帶他擠入商會的人群中。

「喂，我找了個人品不錯的朋友來，讓他加入吧。」

「哦哦！我們什麼都不缺，就缺人品好的玩家！來吧來吧。」

「喲，兔肉湯，你朋友挺有賣相的，有沒有興趣加入商會？」

「你朋友是愛麗絲啊。」一名男子從容地穿過人群走來，他有一對毛茸茸的圓潤獸耳，甩著長長的尾巴。男子對艾利西伸出手，露出和善的微笑。「初次見面，我是紅心商會的會長芋叔鼠，職業是睡鼠。」

聽到這近似食物的名字，艾利西忍不住揚了揚嘴角，與芋叔鼠握手。

「青醬、四川，給他房號跟密碼。」芋叔鼠轉頭，對後面兩個正忙著與棋盤商會接洽的玩家說。

「沒問題。」名爲四川義大利麵的帽匠立刻發送房號給艾利西。

「棋盤商會似乎胸有成竹，態度有夠讓人討厭的，他們這次好像特別有信心。」叫青醬牛肉麵的玩家不太高興地說。

「你們公會好多吃的東西……」艾利西望著兩人的ID。

「我們公會的入會條件之一就是進來後要把ID改成食物名稱，只要在紅心城看見ID是食物的玩家，幾乎都是我們的人。」胡椒兔肉湯有些得意地說。「我們取的名字比什麼帽犯成性有品多了，那名字聽了就不舒服。」

雖然艾利西覺得青醬牛肉麵也有讓人不舒服的潛力，但他決定不予置評。

「大夥把攤子收一收，準備去給棋盤商會的人一點顏色瞧瞧。」芋叔鼠下令，眾人紛紛回到自己的攤子將地墊收起，直接前往撲克競技場。

「好啦，走吧，艾利西。」胡椒兔肉湯拍拍他的肩，隨即消失在原地。

「撲克競技場。」艾利西叫出撲克競技場的視窗，在詢問是否要前往的提示小視窗裡按下確定。

寬廣無垠的天空出現在眼前，艾利西在滿是撲克牌的空中往下墜，接著猛然停住。撲克競技場的娃娃小丑再度飛出來，笑嘻嘻看著他。

「艾利西想做什麼呢？今天一樣可以當三次撲克牌玩家、一次出牌玩家喔！」

「我要當撲克牌玩家，房號77591，密碼19577。」

「沒問題！」小丑輕盈地轉了一圈，五十二張撲克牌在他身周圍成一圈飛快旋轉，最後一張梅花牌飛到艾利西眼前。

「您的代表撲克是梅花五，祝您玩得愉快！」

撲克牌的牌面亮起，艾利西飛入撲克牌中，場景一轉，變成長方形的競技場。

當他來到此處時，現場的氣氛已經十分熱烈。

因爲是事先約定的戰鬥，而非隨機發起的對戰，因此大部分的人都彼此認識，兩方公會的人吵成一團，各據一邊隔空互嗆，其中紅心商會的玩家特別激動。

「要不要臉啊你們！居然找打手，無恥！」紅心商會的人氣壞了，指著棋盤商會的人叫罵。

「你們不也帶了幾個不是自家商會的人來嗎！」棋盤商會的玩家回嗆。

「就算有也沒像你們這麼無恥！說，你們花了多少錢買通黑桃二先生！」

「黑桃二先生？」艾利西的狗尾巴豎了起來，他喜孜孜地望向對面，果然看見那位一身黑的獨行俠。帽犯成性靜靜坐在角落，像是開了一層生人勿近防護罩，方圓一公尺內沒人敢接近。

「大神！」艾利西興奮不已地對黑桃二先生用力揮手。「大神！是我啊，又見面了！」

帽犯成性聞聲一看，頓時瞇起眼睛，殺氣強烈到近乎化爲實質。棋盤商會的玩家們被這突如其來的修羅氣場嚇得閃避到一旁，紅心商會的玩家也噤了聲。

他們的視線隨著帽犯成性的目光看過去，而引起大神殺意的事主卻有如開了防彈玻璃防護罩，完全迴避帽犯成性的殺人電波，自個兒高興得小花亂開。

「你的撲克牌代表？」帽犯成性冷冷開口。

「咦？」艾利西嚇了一跳，一副受寵若驚的樣子。

「報上你的撲克牌代表，我要跟你一戰。」

此話一出，眾人嚇得眼珠子都快瞪出來。

不不不會吧？

從不特別指定玩家單挑的黑桃二先生，居然向人下戰帖了？

「我是梅花五！梅花五！希望等等能相遇！」

大神主動約戰，艾利西高興都來不及了，怎麼可能隱瞞？要是系統能把他們分在不同陣營，出牌玩家又好心讓他們對上的話，自然是再好不過。

「喂，兔肉湯……你朋友到底是什麼人？」見艾利西不但被黑桃二先生指名，還完全不受殺氣影響，眾人都開始疑惑艾利西究竟是何方神聖。

「呃，他只是一個有點少見的愛麗絲……」胡椒兔肉湯沒想到艾利西會引來如此多的關注，連棋盤商會的人也忌憚地打量起艾利西。

冤枉啊，他的朋友真的不是什麼大神，只是個嘴賤了點的普通玩家。

「可惡，想不到他們居然找了大神的對手來。」坐在高臺上的棋盤商會會長嵐月咬咬牙，瞪了對面的芋叔鼠一眼。

芋叔鼠完全搞不清楚是怎麼回事，但看樣子艾利西似乎有對抗大神的能力，於是他對嵐月神祕一笑。這時候，只要笑就對了。

而後他低頭查看自己的牌，仔細思考起來。

要知道，比起帽犯成性那種天天刷競技場刷副本的玩家，他們這種花費許多時間在買賣上的商人玩家，其實才是最適合撲克競技場的。因爲在這裡，實力不是一切，人品與腦袋才是致勝關鍵。

一般的隨機團可能還不至於太費神，然而一旦玩到敵我各半的私人場，難度就大幅上升了。因爲敵方和我方都會公平地依等級分配到各張撲克牌，所以出牌玩家手上握的牌也會包含敵人。

如此一來，要考慮的就不單只有出牌的問題，還有如何避免出到敵方玩家的問題。在這種情況下，個人的強弱不是決勝點，場上哪一方的玩家數量比較多，才會左右戰局的勝負。

問題是，芋叔鼠不知道敵方商會的玩家等級，所以派出敵方玩家這件事難以避免，因此他不打算糾結於這點。若爲了不讓敵人上場而瞻前顧後，可能反而會把勝利拱手讓給對方，他寧願將一切交給運氣。

現在他唯一知道的只有黑桃二是帽犯成性，梅花五是艾利西。

雖然當出牌玩家時看不到競技場聊天頻道，但下面發生那麼大的騷動，想忽略也難。艾利西喊得太開心，他都看得出來是在喊梅花五了，他相信嵐月一定也有注意到。

芋叔鼠低頭看了看手中的牌，暗嘖一聲。黑桃二不在他這裡，不好掌控局面。

不過艾利西倒是在他手上，他可以期待一下能否用艾利西釣出大神。

用一張梅花五帶走敵方的黑桃二，多划算的生意啊。

芋叔鼠忍不住勾起微笑。

看臺下的艾利西不知道自己已經成爲芋叔鼠的算計中的一部分，不過就算他知道了也不會在意，因爲他很想跟大神一戰。

不久，戰鬥開始，由棋盤商會會長開牌。他丟出兩張三，芋叔鼠則出了兩張五。

「靠！」當撲克牌玩家們三三兩兩出場後，立刻有人咒罵一聲。

四個人中，只有一個人屬於紅心商會。

「哎呀哎呀，這不是紅心商會的玩家嗎？只有一個人好孤單呢。」另外三人露出不懷好意的笑，落單的那人頓時寒毛直豎。可憐的紅心商會玩家是代表芋叔鼠丟出來的方塊五，此刻他完全是腹背受敵。

與他同隊的黑桃五玩家迅速從背後抱住他，對與他同公會的兩張三玩家大吼：「幹掉他！」

「卑鄙啊！無恥啊！」

一人負責箝制，兩人展開圍攻，紅心商會的玩家不到一分鐘便落敗，臨死前還不忘詛咒人家祖宗十八代。

緊接著，黑桃五玩家慷慨獻出自己的生命，爲棋盤商會拿下第一場勝利。

「這根本是靠敵我雙方的人數多寡來決定勝負。」看了這場稱不上戰鬥的對決，艾利西愣愣發表感想。

「沒錯，雖然有些人也可以以一敵百。」胡椒兔肉湯瞄向對面的黑桃二先生。「不過這次可不能指望大神一定會如往常那樣凶猛了，身爲僱傭打手，他必須爲僱主帶來勝利，若大神作爲芋叔鼠會長的牌被打出來，恐怕將成爲阻礙。」

「大神就是王牌無誤，他的出場意味著絕對的勝利。」想到自己看上的BOSS如此強悍，艾利西不禁像個迷妹般露出驕傲的微笑，殊不知自己這一笑看得敵方會長風中凌亂。

嵐月只是不經意瞄了一眼艾利西，便瞧見那彷彿信心滿滿的笑容。有沒有搞錯？這場是紅心商會輸了，爲什麼這傢伙還能露出勝券在握的微笑？難道是有什麼王牌？

雖然嵐月已經涉足《愛麗絲Online》一段時間，卻沒聽說過艾利西，不知紅心商會是打哪挖來這號人物，一出現就成功吸引了黑桃二先生的注意力。要知道，黑桃二先生至今爲止從沒特別注意過哪個玩家。

他的慌亂不安被芋叔鼠看在眼裡，芋叔鼠靠到椅背上，擺出放鬆的姿態等待再次取得出牌權的嵐月出牌。

他的神色自若當然是刻意做給嵐月看的，這下嵐月不只是風中凌亂了，而是狂風中凌亂。

懷抱著七上八下的心情，嵐月伸出顫抖的手打出一張小牌，芋叔鼠從容地挑出一張也不大的牌應對。這場一對一的對決，勝利的天秤傾向了芋叔鼠，雙方出的牌都是紅心商會的人。

之後，取得出牌權的芋叔鼠決定一不做二不休，一口氣打出五張牌。

「是鐵支！」觀眾席的眾人大驚，紅心商會的玩家們個個歡呼叫好。

望著競技場中的牌組，嵐月擰了擰眉，陷入糾結。

因爲芋叔鼠打出四張五、一張九。

這時候，只要笑就對了。

芋叔鼠笑望對面的嵐月，他的用意就是要逼對方丟出黑桃二先生。他知道嵐月手中也有鐵支，因爲他沒有任何一張十，而這場對戰只有兩個出牌玩家，因此自己沒有的牌肯定在對手那裡。

鐵支的第五張牌可以隨意出，派誰出馬端看玩家的選擇。芋叔鼠笑得好像不管嵐月打出什麼牌，他都肯定會獲勝的樣子，這份從容成功唬住了嵐月。

他知道，狡猾的芋叔鼠爲了逼他丟出黑桃二，硬是打出了鐵支。

若只是打出一張梅花五，他還可以隨便派一張牌上去試試艾利西的實力，但芋叔鼠一次丟了五張。

他是有辦法出數字更大的鐵支回擊，如果贏了便皆大歡喜。

可如果輸了呢？

嵐月不是第一次當出牌玩家，自然明白對戰勝負的重要性。要知道，在撲克競技場最怕兩種人，一是能打贏比自己高等的對手的低等玩家，二是殺紅了眼的玩家。當等級低的玩家打贏等級高的玩家時，系統會給予獲勝玩家所屬隊伍較高的分數，等級差越多，獲得的分數越高。

有時此等黑馬玩家一出手，得到的分數可能多到令人瞠目結舌，這樣的狀況嵐月連想都不敢想，光憑這一戰說不定就可以決定整局的勝負。若這場戰鬥讓紅心商會拿到了超高分，他還玩什麼？之後贏再多場都挽不回劣勢的。

對出牌玩家來說，等級低卻異常強大的玩家簡直是惡夢，若是讓艾利西一舉拿下數名比他高等的玩家，那遊戲就不用玩下去了。

望著競技場上的梅花五，嵐月糾結到有些胃痛。

那只是梅花五，一張梅花五的等級肯定不會高到哪裡去，偏偏大神就是對這傢伙情有獨鍾。方才與他四目相接時，黑桃二先生還指了下艾利西，比出劃脖子的手勢，表情之陰狠令他直冒冷汗。

說不定正是因爲知道這個愛麗絲的危險性，黑桃二先生才特地示意看見梅花五就讓他出場。而且芋叔鼠笑得充滿自信，肯定有鬼。

最後，他決定相信大神的判斷，咬牙一口氣出了牌。

四張十，一張黑桃二。

「眞的出了啊，黑桃二！」見黑桃二出場，胡椒兔肉湯不禁激動起來。有哪個傢伙會在鐵支打出黑桃二？

鐵支對鐵支，比的是四張同數字的牌的大小，第五張牌只是陪襯的綠葉，一般人都會趁機把難打出去的小牌丟一丟。但現在，被視爲廢牌的第五張牌卻是黑桃二，無比珍貴的王牌黑桃二。

「你太厲害了，艾利西！」

另一方面，從梅花五中走出來的艾利西一看見帽犯成性，便開心地拚命揮手。

「終於相見了，大神！一定是命運讓我們再會的！」

「是你的白目讓我們再會的。」帽犯成性咬牙切齒，怒火中燒地瞪著他，眼中根本沒有其他人。

場上十張牌，六個紅心商會玩家、四個棋盤商會玩家，照理說勝負顯而易見，卻因爲帽犯成性與艾利西的存在而產生了不確定性。帽犯成性一人可抵三人戰力，實力成謎的艾利西能發揮多少作用也是個謎。

比賽開始前，艾利西看了一下鐵支的buff，愉快地笑了。

攻擊力上升百分之十，防禦力上升百分之十，速度上升百分之二十，效果一樣持續三小時。這還不錯，正好是他需要的。

他無懼地迎向帽犯成性的目光，氣氛劍拔弩張，一觸即發。戰鬥展開的瞬間，帽犯成性率先朝艾利西開了一槍，艾利西卻一眨眼就消失了。他跟帽犯成性一樣，早已決定了起手招式，迅速變小。

根據他透過影片的觀察，大神通常會先對最具威脅性的對手射一發麻痺彈。雖然他不是最具威脅性的，不過恐怕是大神的獵殺首選，而他猜的沒錯，帽犯成性果然毫不猶豫地看準他出手。

變小後的艾利西飛快逃到身為紅心騎士的青醬牛肉麵身後，帽犯成性絲毫不把青醬牛肉麵放在眼裡，猛烈地往對方的腿部連射。

「喂！」青醬牛肉麵彈了一下，又不敢後退，生怕一不小心踩到艾利西。艾利西繞過青醬牛肉麵，恢復了原本大小，一邊快速移位一邊朝帽犯成性狂丟刺蝟，可從頭到尾沒一個刺蝟打中。

帽犯成性露出鄙夷的表情，艾利西卻微笑著加快了移動速度，此時他幾乎是小跑步著和帽犯成性互相兜圈子，手裡還不斷對大神丟餐刀。

漸漸地，帽犯成性的命中率開始下降，原本十發裡有九發打在艾利西身上，慢慢變成七發、五發……他的瞄準技術固然強大，卻也不是百發百中，畢竟目標移動速度越快便越難擊中。

最後，艾利西完全跑了起來，帽犯成性想追上，卻因爲滿地的刺蝟而不得不繞路。不僅如此，當艾利西的餐刀飛過來時，他想躲又發現腳邊的刺蝟阻礙了走位。

這傢伙好像變強了？

帽犯成性難以置信地看了艾利西一眼，才幾天時間，他卻覺得自己有如遇到了一個與他對戰過多次的玩家，他的行爲模式似乎被看穿了，下意識想走的位置大多被刺蝟擋住。這會是巧合嗎？

其他玩家則全都看傻了眼，這兩人一開戰就像場上只有彼此似的，無視其他人，戰得如火如荼。除此之外，艾利西從頭到尾只靠丟石的玩法更震驚了眾人。

這年頭還有人玩丟石流，開玩笑的吧？

艾利西不惜拿其他人當擋箭牌，以躲避帽犯成性的攻擊，並盡量以飄忽不定的走位閃躲帽犯成性的射擊。爲了打亂帽犯成性機械式的思路，在丟了將近一分鐘的刺蝟與餐刀後，他開始丟奇怪的東西。

只見他忽然砸了一坨鮮奶油，帽犯成性微微睁大雙眼，偏頭閃過，搭在板機上的手指頓時遲疑了下。

看準這個時機，艾利西扔了把餐刀過去，準確地插中帽犯成性的大腿。

下腳步高聲歡呼。

「喔耶！」努力了這麼久，終於首次打中黑桃二先生，艾利西高興得忍不住停

不過競技場戰神的反應速度不是蓋的，帽犯成性帶著冷峻的表情，一秒拔出大腿上的餐刀射向艾利西，刀子快狠準地插進了腹部，艾利西「嗚噗」一聲，退了一步。

這狀況如果發生在現實，絕不可能只是這樣就沒事了，但這裡是網遊，官方考慮到許多玩家怕痛，所以開放玩家自行調整痛感擬眞度，最高百分之五十，最低可以到沒有痛感。得在槍林彈雨中求生的艾利西厚臉皮地調到了最低，不想因爲痛而影響效率的帽犯成性也是。

帽犯成性趁機射了一發麻痺彈擊中艾利西，接著技能連開，一發火炎彈造成燒傷效果，使艾利西的血量持續下降，而後攜帶狂風的音速彈準確地射穿艾利西的頭，還觸發了暴擊扣了大半條血。

不少人被帽犯成性彈彈落在頭上的狠辣攻擊嚇得僵在原地，雖說爆頭帶來的傷害確實最高，不過這也太狠了。看著艾利西的腦袋血花四濺，帽犯成性依舊維持著陰狠的氣勢，像是與對方有不共戴天之仇。

當麻痺彈的效果解除後，艾利西便倒下了。站在血淋淋的屍體前，帽犯成性瞪了在場每個玩家一眼，所有人不分敵我，全被他的修羅氣場震懾得後退一步。

待在觀眾席的玩家都很慶幸自己沒有上場，而競技場裡的部分玩家則慶幸自己跟黑桃二先生同隊。最可憐的莫過於與艾利西同隊的玩家，見識過方才的戰鬥，他們早已害怕得失去戰意，不出幾分鐘就落敗了。

即使取得了勝利，帽犯成性卻並不覺得高興。他瞄了眼仍躺在地上的艾利西，心中越發煩躁。

從頭到尾艾利西只成功打中他一次，但毫無疑問，這個愛麗絲比上次難對付了。這回艾利西不是毫無章法地亂丟香蕉鮮奶油，而是選擇了丟刺蝟，雖然避開刺蝟比避開香蕉鮮奶油容易得多，也不至於滑倒，可是踩到了會扣血，且扣血的效果最多可疊加五次，艾利西數度將刺蝟丟在他想走的路徑上，分明是經過計算的。

這傢伙確實有認眞思考如何打敗他。

區區一個走不入流養成路線的愛麗絲，還眞的妄想打敗他？

心煩意亂的帽犯成性忍不住踢了艾利西的屍體一腳。

另一方面，派出帽犯成性的棋盤商會會長嵐月看完這場戰鬥後，整個人傻愣住了。

就這樣？

那個被黑桃二先生特別關注的愛麗絲，從頭到尾有展現什麼神技嗎？沒有。

短短幾分鐘的戰鬥，艾利西自始至終都只有挨打的份。在嵐月眼裡看來，完全是一面倒地被黑桃二先生追著打，最後被逮到機會一波帶走，就這樣而已。

就這樣而已啊！

嵐月抱頭低吟，簡直要崩潰了。

那個愛麗絲一點也不強，眞的只是一張普通的梅花五，他被騙了。

這種程度的玩家，派一張九就差不多了，偏偏他派出了黑桃二，無論用在哪個回合都能爲他帶來勝利的黑桃二。

芋叔鼠那個老狐狸根本是故弄玄虛！

他瞪著對面的芋叔鼠，紅心商會會長依舊面帶笑容，只不過笑得更加颯爽了。

嵐月氣得恨不得自己能直接過去幹掉芋叔鼠。

才開場沒多久，艾利西便成功地犧牲自己，把最令人頭痛的黑桃二先生帶走，雖敗猶榮。一回到觀眾席，他立刻受到紅心商會的熱烈歡迎。

「幹得好！現在還有將近一半的牌，不過黑桃二先生已經不在了。」

「接下來就是純粹比拚人品了，再囂張啊棋盤商會！」

眾人連連朝對面的棋盤商會發出噓聲。雖然黑桃二先生順利取得了勝利，但時機不對。所謂殺雞焉用牛刀，像帽犯成性這等神手玩家應該用來解決K以上的牌，嵐月卻判斷錯誤，不但拿來當鐵支的第五張廢牌，還僅是爲了對付一張梅花五。

「噓什麼，勝負還沒出來呢！」棋盤商會的人不甘示弱，卻沒了信心。

此時，同樣返回觀眾席的帽犯成性在人群中默默瞪著艾利西。

艾利西露出足以閃瞎眾人狗眼的燦笑朝他揮了揮手，而帽犯成性不領情，逕自在自己的座位坐下。

「大神好冷淡啊。」艾利西感嘆，接著語調一轉，又充滿了鬥志。「沒關係，總有一天我會攻略他的！」

此話一出，周遭所有人個個露出驚恐的神情。

媽呀，這傢伙該不會是想追大神吧？

那他們還眞該爲他好好默哀一下了，想追大神，有幾條命都不夠賠。

Chapter 5　夢遊紅心城堡

經歷了數場廝殺後，勝負終於底定，笑裡藏小白……笑裡藏刀的芋叔鼠得到了勝利。

「人品好就是不一樣，第一次下副本就遇見隱藏BOSS拿到金武，第一次跟我們上競技場就帶走黑桃二先生。艾利西，謝謝你啊，多虧你我們才能獲勝。」回到紅心市集後，胡椒兔肉湯滿意地拍了拍艾利西的肩。

艾利西笑了笑。「我只是很幸運又遇到黑桃二先生而已，眞正人品好的是芋叔鼠。」

艾利西天眞地以爲自己只是運氣好，才會又與大神相見，殊不知是因爲他跟帽犯成性的態度太明顯，才使芋叔鼠得以騙到棋盤商會會長。無論如何，拿下勝利這件事令紅心商會的人都很高興。

「謝謝你，艾利西，你讓我做了一筆頗划算的生意。」芋叔鼠笑著和艾利西握了握手。用一張梅花五釣到黑桃二，而且還是鐵支中的廢牌，這事要是說出去肯定會讓人笑掉大牙。不僅贏了一局，更抓住嵐月的把柄，因此芋叔鼠心情十分愉悅。

高興之餘，他決定提點一下艾利西。「兔肉湯說你是主修丟石的愛麗絲，對吧？你來市集是想買新的彈藥嗎？」

「嗯。」艾利西點點頭。「我上網研究了一下，有些彈藥應該能對大神造成傷害。」

芋叔鼠嘆了口氣。身爲商會會長，他當然見過像艾利西這種一心想主修丟石的玩家，也曾多次幫忙調貨，不過多數練丟石的人似乎都沒意識到一件事。

「你有沒有想過，爲何丟石無法單獨成爲一個職業？」

「輸出不夠？定位模糊？」其實艾利西想過。若丟石要成爲一條主修路線，肯定會被拿來跟帽匠及毛蟲比較，而多數人都認爲丟石是無法專精的技能，只能在戰鬥中插插花，難以成大器。

「這是一部分原因，畢竟每個職業各司其職，在戰鬥時都有明確的定位。不過練丟石的玩家還缺少了一個東西，才會無法獨當一面。」芋叔鼠說。「那就是武器。」

「武器？」艾利西愣了。

「所有職業都有專屬武器，武器可以大幅提升對應職業的攻擊力，也是決定玩家強弱的一個因素。丟石在遊戲中屬於輔助技能，本來就沒有設定專屬武器，所以無論你用什麼彈藥，殺傷力都絕對輸帽匠一大截。」

「這樣啊……」聽聞這個噩耗，艾利西並沒有大受打擊，反而陷入了沉思，想要找到解決的辦法。

見艾利西沒被殘酷的現實擊倒，芋叔鼠露出欣賞的表情。「所以，既然沒有武器，在裝備上就一定要把攻擊傷害撐高，依靠裝備是可以讓丟石技能得到加成的。」

「眞的嗎！」艾利西大喜過望，雙眼放光看著芋叔鼠拿出一張名片。

「這給你，這位是紅心城最優秀的裁縫玩家。你需要的裝備太特殊，恐怕無法在一般NPC開的店鋪買到，所以去訂做一套吧，這個人應該能幫你。」

「好。」艾利西用力點點頭，接過名片後道了謝，開心地離開市集。雖然沒買到想要的彈藥，但至少對於丟石的養成有了更多概念，因此他還是相當滿意。

由於太過雀躍，他並未聽見後方胡椒兔肉湯的埋怨聲：「會長，你用一張名片就打發人家，未免也太不厚道了吧……」

艾利西眞的沒想過武器的問題，沒有武器的話，要打倒大神簡直難如登天。他打出的傷害確實太低了，光憑自身攻擊力與彈藥威力，傷害是撐不上來的。

作爲和平氣息濃厚的網遊，《愛麗絲Online》中當然也有所謂的生產系技能，這類技能跟丟石一樣屬於副修技能，人人都可以學習。

最受歡迎的三種生產系技能是廚師、裁縫與工匠，吃下廚師技能高的玩家所烹調出的食物可以得到buff，且要比一般NPC賣的食物所賦予的buff高得多；裁縫則是專門製作裝備，而且能夠縫製所有職業的裝備；至於工匠則專門製造武器。

有些靠生產系技能賺了不少錢的玩家，會在主城買下店面穩定經營。主城裡許多空屋都標有價格，有店面也有住家，玩家只要財力足夠便可買下，而大部分的玩家會選擇購置小洋房。

遊戲玩久了，需要保留的物品數總會超過物品欄的容納量，雖然可以寄放在銀行，但銀行空間有限，擴充空間又需要課金（注7），因此玩家能扔大量雜物的地方終究還是自己的家。只要有了一間小洋房，便可以隨意扔、盡量扔，把屋裡堆得跟現實中的家一樣雜亂擁擠也沒問題。

可以的話，艾利西也想在浪漫的紅心城買下屬於自己的小窩，可惜他的錢暫時得花在添購裝備上。上次打花園副本掉的金武紅鶴被他乾脆地賣了，目前身上有一筆財產，用這些錢應該足夠做全套丟石裝。

他循著名片上的地址來到八區，此時遊戲中迎來了夜晚，街道上燈火通明，十九世紀英國風格的路燈點亮了整條路，幾家熱鬧的店鋪前掛著精緻的吊燈，既浪漫又有氣氛。

紅心城最不缺的就是浪漫氛圍，這裡的情侶數量是三城之冠，走在路上隨便都能看見有人正卿卿我我。靜謐的夜色襯托出紅心城的美，繽紛的玫瑰點綴著街道，街上瀰漫玫瑰的芳香，如此景象足以讓任何一個擁有少女情懷的人沉醉其中。

美景當前，會不開心的就只有一種人了。

【區域】繼母不繼母：泥馬！天黑個毛啊啊啊！老娘還在花園副本啊，黑壓壓的什麼都看不到！

【區域】毛豆公主：剛剛一到轉角，撲克牌士兵就從黑暗中撲過來，是想嚇死誰！

【區域】彈跳甲魚湯：樓上，妳有我們慘嗎？我們還剛好遇到紅心騎士巡邏的副本！四周一片漆黑，只有紅心騎士的笑聲越來越近，根本是鬼片吧？救命啊……

【區域】漂亮撬魔女：早跟你們說包包裡要放個提燈了，嫌它重不帶吧，現在報應來了。

紅心城的區域頻道瞬間被正在打副本的玩家洗版，沒帶提燈的玩家哀號不已。艾利西想像了一下此時待在花園副本的感覺，開始認眞思考是否該買一盞提燈了。

遊戲中的白天或夜晚爲隨機發生，有時一整天都是白天，有時則相反，沒有人能預料太陽何時會下山。爲了讓遊戲世界更加眞實，據說官方還正在考慮要不要新

注7 課金：指以現實中的金錢換取遊戲中的付費道具、資源或服務。

增天氣系統。

艾利西比對著路標，並不時向其他玩家問路，終於在一條小巷內找到了名片上所寫的店鋪。

若不是外面掛著招牌，他還眞看不出來這是店家。這間店就像一般民居般安靜地坐落在巷內，占地不大。他悄悄推開門，櫃檯後坐著一位身著淺色洋裝的少女。

她有一對乳白色的貓耳，帶著咖啡斑點的尾巴在身後搖來搖去，顯然很悠閒，因爲店裡沒有任何客人。她正盯著懸浮在半空中的半透明聊天視窗，開啟語音輸入模式與人聊天。

「上次聯誼的那個三月兔帥哥身材高䠷又一表人才，最重要的是還有毛茸茸的兔耳，眞是萌死人了。妳有加他好友嗎？」

她自顧自地聊天，渾然沒注意到艾利西走了進來。

「什麼？沒有？手腳太慢的話就要被別人追走了好嗎？公會裡有很多人看上那——哦哦哦等等！晚點聊！我這邊有個帥哥愛麗絲來了！」

少女迅速關閉懸浮視窗，欣喜地上前迎接來客，有如在欣賞珍品似的雙眼發亮上下打量艾利西。在如此近的距離下，艾利西看見了少女頭頂的ID——琉璃雪。

「你長得好帥啊，該不會是整的吧？」少女失禮地問，還捏了捏艾利西的臉。

她的懷疑倒也不是毫無理由，畢竟創角時可以微調自己的長相，只是白兔不會特別告知這點，玩家必須自行提出，艾利西也是後來才知道。

「呃，我天生就長這樣子。」

「天然帥哥！好！」琉璃雪十分滿意地拍拍他的背。「抱歉啊，很久沒看到這麼對我胃口的長相了，有什麼事嗎？來做裝的？帥哥的話有折扣喔。」

「我想做一套丟石裝，妳有辦法嗎？」

「丟石裝？」琉璃雪愣了，她納悶地望著艾利西。「你說眞的？我接過很多跑速裝、暴擊裝的委託，就是沒接過丟石裝。如果你是主修小愛麗絲，我建議你做跑速裝。」

「我主修丟石。」艾利西笑著回答。

「帥哥，你肯定是新手對吧？」琉璃雪搭上他的肩，神情嚴肅。「丟石跟裁縫一樣是副修技能，你修丟石是要像我們一樣，整天待在主城練自己的副修技能嗎？不會吧？」

「當然不是，我是要靠丟石打倒撲克競技場大神。」

「開什麼玩笑？」琉璃雪往後彈了一步，難以置信地瞪著他。「你說那個冰山大帥哥？那傢伙可是《愛麗絲Online》裡等級最高的人，你瘋了嗎？」

「不試試看怎麼知道？」

「唉……帥哥想的果然跟一般人不一樣。」像是幻滅了一樣，少女遺憾地搖搖頭。「既然你這麼堅持，我也不會拒絕啦。報上你的等級跟各項技能熟練度，我幫你列個清單。」

「清單？」

「我這家店專門接委託，玩家先給我材料跟製作費，我才幫你們做，跟一般裁縫開的服裝店不太一樣。」

艾利西恍然大悟地點點頭，難怪明明是裁縫店，店內卻沒有展示多少成品。

「你眼光不錯，居然能找到這裡。我可是目前紅心城中裁縫技能熟練度最高的玩家。」琉璃雪得意地挺胸，儘管胸前沒什麼料。「我不僅能做出黑桃二先生那個等級的裝備，成品的數值也比其他裁縫高。」

「是芋叔鼠介紹我來的。不過妳爲何要開在這裡？」艾利西望了望窗外。「會經過這裡的人很少，不容易被發現吧？爲何不選個地點好一點的店面？」

「……因爲我錢不夠。」

「……」這個答案意外地實際。

艾利西還以爲琉璃雪是希望能低調，結果只是屈服於現實而已。

「沒關係，下次我會向朋友介紹妳的店。」他拍拍琉璃雪的肩膀，聊表安慰。

與琉璃雪商量好裝備的款式，並確認清單內容後，艾利西便離開了店鋪。

他目前等級還不高，製作丟石裝需要的材料自然也不會太難收集。隔天醒來，他上網查詢了每項材料的來源，而比較值得注意的是，許多材料都來自紅心城的審判副本，這下必刷審判副本了。

但他記得那好像是個不歡迎愛麗絲的副本。

正當他陷入沉思時，目光無意間掃過一篇帖子。

〔討論〕黑桃二先生的瘋狂迷妹出現了

他眉頭一皺，頓時產生了危機感，連忙點入。居然有人跟他搶黑桃二先生？萬一那個狐狸精把黑桃二先生從撲克競技場拖出來，他就不用打了啊！

昨天跟公會的人和死對頭公會玩撲克競技，對方找了黑桃二先生當打手，而我們公會的人不知從哪找來一個愛麗絲，那傢伙一看見黑桃二先生，就像個迷妹般瘋狂向大神打招呼，結果大神彷彿看到仇人似的，不但指名單挑，上場後還把其他人當空氣，只顧瘋狂掃射那個愛麗絲，殘忍地使出爆頭連擊，最後還不忘踢人家的屁體一腳，超恐怖的！（哭）

更恐怖的是，那個迷妹下場後依舊熱情不減地對大神示好！這個社會怎麼了？抖M的時代來臨了？

「同公會推一個，我也看到了。那個愛麗絲還說，總有一天要攻略大神。」

「同公會再推一個，能以愛意光波回應大神的殺人光波，肯定不是什麼正常人。」

「眞假啊，黑桃二先生居然指名單挑？他不是從不挑對手，誰來都照輾嗎？」

「就算對方再怎麼造成困擾，也不必狠到連續爆頭回敬吧？大神連對付騷擾的方式都跟一般人不同……」

「黑桃二先生是要拿命來追的啊。」

「至今爲止雖然看過不少人迷戀黑桃二先生，卻第一次看見有人愛到命都不要了，此乃眞愛！」

「眞愛+1，一人一珠支持愛麗絲追眞愛。」

看完討論，艾利西安心了。原來那個狐狸精就是他自己啊，白擔心了。

熱戀中的男人肯定不宅，如果黑桃二先生戀愛了，就沒時間窩在競技場了。看樣子，爲了確保黑桃二先生會一直在競技場出沒，他得提防一下那些大神的迷妹。

他開啟自己昨天在遊戲中錄的對戰影片，目不轉睛地盯著，檢討自己的錯誤並觀察帽犯成性的動作。根據之前所下載的那些對戰影片，他已經知道帽犯成性戰鬥時總是會選擇最有效率的方式。

最不拖泥帶水的走位、最有效率的射擊，雖然他將刺蝟丟在每一個大神可能踏過的地方，這點三腳貓功夫仍無法對帽犯成性構成威脅。

隔天上線，他興致勃勃地來到花園副本外，爲了有多一點時間找人組隊，雖然分針目前在三區，他還是先來到了七區等待。有鑑於副本入口從不等人，所以打紅心副本的玩家不是趕場就是早到，縱使還有二十分鐘，七區的副本入口早已站了一些人。

玩家們三三兩兩站在一起，有些人頭頂著文字泡泡，裡頭寫著徵求隊友的訊息。艾利西看見一組兩人玩家頂著「審判副本-3」的泡泡，於是興高采烈地走過去，而對方也正好看見他，卻立刻把文字泡泡摘下來，拉寬面積，多加了幾個字後再掛回去，上面變成寫著「審判副本-3，不要愛麗絲」。

「……」

艾利西幽幽飄到另一組人馬那裡，對方的文字泡泡中雖然寫著「惡夢模式」，以他目前的等級來看似乎有點勉強，但好歹也會刷到審判副本。

「愛麗絲收嗎？」

「不收不收！」對方連忙搖頭拒絕，接著同樣把自己的文字泡泡摘下來，注明不收愛麗絲。

很快，艾利西引起周遭不少玩家的注意，見他虎視眈眈地在找要打審判副本的隊伍，各隊隊長紛紛把自己的文字泡泡摘下，將各種驅趕愛麗絲的文字加上去。

「審判副本-1，職業隨意，不要愛麗絲。」

「噩夢副本缺4，愛麗絲滾。」

「審判副本-2，只要白皇后跟妹子。」

「……」艾利西沮喪地蹲在一旁，像隻被主人拋棄的小狗，可憐兮兮地等著好心人收養。

十分鐘過去，還是沒有人願意組他，於是他自己開了隊伍，也頂了個文字泡泡。

「審判副本缺4。」

他自己組隊總行了吧？

然而直到最後，都沒有人要入隊。

他眼睜睜看著白玫瑰大門關上，內心哀傷不已。這根本是職業歧視，愛麗絲在審判副本中到底有多惹人厭？

無奈之下，他開啟聊天視窗，詢問他的專屬導覽NPC……專屬導覽友人。

【密語】艾利西：爲什麼打審判副本都沒人要跟我組隊？愛麗絲就這麼不受歡迎嗎？

艾利西邊說邊發了個哭臉表符過去，很快便收到回覆。

【密語】夜夜笙歌：你要打審判副本？早說嘛，我可以幫你。可惜現在我人在棋盤城的惡夢副本，沒個幾小時是無法結束的的，唉。

【密語】艾利西：我也不能總靠你，我有很多材料要在審判副本刷。嗚嗚，難道就這樣與審判副本無緣了嗎？

【密語】夜夜笙歌：沒那麼嚴重的，小菜鳥，有時間我會陪你，不過今晚不行。你看看能不能自己找到這些隊員，你一個愛麗絲想打審判副本，一定要有白皇后跟紅心騎士，最好再多個打手，不然很危險。

【密語】夜夜笙歌：一定要白皇后、白皇后、白皇后，很重要說三次，否則絕對會死。審判副本必組白皇后，你如果有白皇后隊員，找起隊友來會容易得多。

「白皇后……」艾利西望著視窗喃喃，嘴角勾起微笑。

【密語】艾利西：我想我可以找到一個。

他切換發送密語的對象，打了行字送出，不久便獲得回應。

【密語】莉莉西亞：你早說嘛，我等等就過去。要不要先幫你找人？還是到那邊再找？

見莉莉西亞爽快答應，艾利西放下心中的大石。只要有莉莉西亞在，他相信就不用愁沒隊友了。

在等待莉莉西亞的期間，他思考著方才夜夜笙歌說的話。之前打花園副本時，大家隨便組組就進去了，但對於審判副本，夜夜笙歌卻認眞地要他找特定職業的玩家，看樣子審判副本的重點是打怪。

「同樣都是打怪，愛麗絲也不弱吧？到底是有什麼問題……」望著關閉著的紅玫瑰大門，艾利西滿心疑惑。此刻他已經從七區移動到十一區等候，沒有坐騎跑起來實在是夠嗆，這迷宮大得誇張，怪不得一堆人光是繞著外圍就跑得氣喘吁吁。

在分針快要指向十一的時候，莉莉西亞終於到了，還帶了幾個幫手。不過一看到來人，艾利西便皺起眉頭。

蘭斯洛特又出現了，人高馬大的他依舊高傲地用鼻孔看人，身旁多了兩個小跟班，紅心女王跟帽匠，都是男性。紅心女王高高瘦瘦，長相刻薄，以像是在打量菜市場豬肉般的眼神盯著艾利西；帽匠獐頭鼠目，猥瑣的模樣令艾利西頓時想念起帽犯成性。

「西西，你練得如何？找到理想的路線了嗎？」莉莉西亞親暱地攬住他的手，帶著迷人的甜笑關心，艾利西卻只覺有三道刺人的嫉妒目光投來。

面對弟弟也要吃醋，男人的肚量這麼小可不行啊，嘖嘖。

艾利西回以微笑，默默在心中把這三人的名字打叉叉。要是莉莉西亞打算跟他們其中一個交往，他可是會全力反對。

「找到了，我現在正在努力變強，幫我刷材料吧。」

「沒問題，我替你召集了幾個適合打審判副本的隊友，蘭斯洛特你已經見過了，紅心女王叫風兒喧囂，帽匠叫羅狄，都是我們公會的人。」

艾利西打了聲招呼，三人的反應都非常冷淡。對此艾利西並不意外，他聳聳肩，把所有人一一加進隊伍。

此時，周遭傳來竊竊私語，艾利西這才發現附近有幾名玩家盯著他們瞧。

「那不是莉莉西亞嗎！」一名玩家拉了拉身旁的友人，興奮之情溢於言表。「『毒蘋果』公會的治療女神！那美貌果然名不虛傳，眞是個大美人。」

此話一出，所有人都議論起來。「毒蘋果？棋盤城赫赫有名的大公會？」

「眞的耶，那個蘭斯洛特也在，果然如傳聞中一樣……嗯……」

圍觀的玩家們心情十分矛盾，他們想欣賞美女保養眼睛，但蘭斯洛特又會閃瞎他們的眼睛，他們多想伸出一隻手遮住蘭斯洛特啊，可誰也沒膽惹虎背熊腰的紅心騎士。

艾利西倒是對莉莉西亞等人的名氣感到訝異，原來自家姊姊隸屬大公會，怪不得這些人對他沒有好臉色。身爲大公會的治療女神，不用說肯定是天天副本邀約不斷，一堆人搶破頭求組隊，而他卻輕輕鬆鬆就把女神約出來。

「啊，時間到了。」莉莉西亞指向前方的玫瑰門，紅色的玫瑰逐漸轉白，大門向裡開啟，門後的迷宮空無一人。

一行人走了進去，只見場景還是花園副本。正當艾利西疑惑地想著該如何前往審判副本時，莉莉西亞喊了一聲：「小丑出來吧！」

話音落下，一名小丑緩緩在眾人面前浮現。他有半個成人高，面貌比撲克競技場的小丑成熟許多，花花臉龐上掛著不懷好意的微笑。

「歡迎來到女王的副本，泥嘻嘻嘻。」他發出奇怪的笑聲，聲音也顯得怪異而不自然。「今天要挑戰什麼呢？無論是哪個，都肯定不會讓你好過的喔，泥嘻嘻嘻。」

「我們要挑戰審判。」莉莉西亞一派輕鬆地回答，大概是早已習慣。

「沒問題。」小丑賊賊笑著，周遭的景色開始轉變，不一會兒，他們就穿越了花園，來到城堡大門前。「地獄的大門已爲你們開啟，請好好享受，泥嘻嘻嘻。」

小丑消失在原地，最後這句話還是對著艾利西說的，讓他不禁打了個冷顫。

眼前是一條寬闊的長廊，一眼望去徘徊著幾十隻小怪，有撲克牌士兵，也有各種穿著衣服的動物。審判副本的動物比紅心城的NPC動物長得猙獰許多，全都手持武器，看起來顯然不好惹。

不過整體來說似乎是個滿普通的副本，好像沒什麼問題？

艾利西抱著懷疑的心情與隊友們一同踏入長廊，審判副本比紅心副本好走多了，只要沿著有怪的路線一路前進便是。

蘭斯洛特走在最前方，他大剌剌地踏入那些怪物的攻擊範圍，一堆怪就這樣追了上來，眾人跟隨在後。來到走廊底端準備上樓時，蘭斯洛特猛然轉身大喝一聲，怪物頓時一擁而上，周遭一些沒被他拉到的怪也衝了過去。

艾利西知道這招，這是坦職必備的拉仇恨技能。仇恨值是每個玩網遊的玩家都必須知道的東西，當面對多名玩家時，怪物會優先攻擊仇恨值最高的玩家。拉高仇恨值有很多方法，例如對怪物造成的傷害越高，得到的仇恨值便越高，補師為隊友補血也會拉高怪物的仇恨，至於蘭斯洛特這種負責擔任肉盾的坦職，則原本就有直接拉高仇恨值的技能。

而他們這些打手打怪時要隨時留意仇恨值，怪對他們的仇恨若是高於坦，便會轉而攻擊他們，這種情況稱之為OT。不管打手再怎麼猛，OT了就是雷隊友一個。

不過艾利西倒是不擔心會發生這種事，因為隊友們的等級都比他高，況且他連武器都沒有，造成的傷害怎麼可能過高？全力攻擊就是了。

有莉莉西亞在一旁為蘭斯洛特補血，紅心女王、帽匠跟艾利西集中輸出，這波怪很快就被解決，所有人爬上華麗的階梯往二樓邁進。眼前同樣是長廊，滿滿的撲克侍衛與動物官員完全不是他們的對手，蘭斯洛特故技重施將怪物們拖到走廊盡頭後，眾人幾波攻擊就清個精光。

望著燈火通明、裝潢華麗的長廊，艾利西漸漸放鬆了警戒。這副本比花園好闖多了，一群人打沒什麼難度，埋頭衝到底就是了。看樣子只要他乖乖跟著大家的節奏走，應該不會有什麼問題。

很快的，他們來到一扇大門前。這扇門醒目地佇立在長廊盡頭，約有兩層樓高，門上的雕飾華貴，一看就知道是王所在的房間。

「西西。」在蘭斯洛特把門推開前，莉莉西亞忽然開口，表情略顯嚴肅。「等等不要離我太遠，盡量在我跟蘭斯洛特之間。」

「什——」艾利西還來不及問清楚，蘭斯洛特已經推開了大門。

莊嚴肅穆的法庭出現在眼前，裡面的的空間相當寬闊，怪物極多，所見之處皆是動物與撲克侍衛。幾十名撲克侍衛負責站崗，一大群動物陪審員坐在陪審席，而大門正前方坐著體態豐腴的紅心國王以及婀娜多姿的紅心女王，一看就知道是NPC，因爲體型比艾利西他們要大上許多。

艾利西知道這個場景，這也是《愛麗絲夢遊仙境》的經典場面之一，而他記得在這之後愛麗絲就醒了。

但愛麗絲是怎麼醒的？

他望著高高在上的紅心女王，有了不好的預感。

「他偷了餡餅！」

故事中的橋段上演，之前在花園副本見到的紅心騎士被押上法庭，可憐兮兮地被指控偷了餡餅。當NPC們忙著審判時，莉莉西亞開始拚命爲眾人附加輔助狀態，令艾利西心中的不祥預感越發強烈。這時，他的眼前忽然自動蹦出聊天視窗。

「啥？」他愣了下，他記得自己在進入副本之前，就已經設定成請勿打擾的模式了，爲何還會彈出聊天視窗？

【區域】艾利西：胡說八道！怎麼能先判決，後裁斷！

「咦？我沒說話啊？怎麼回事？」他慌忙地想關閉視窗，卻發現關不了。

【區域】紅心女王：住口！

他看向坐在高臺上的女王，女王站了起來，講出和聊天視窗中相同的臺詞，怒不可遏地瞪著他，所有NPC也望了過來。艾利西默默移動幾步，然而他已經成為全場焦點，無論走到哪，怪都盯著他。

【區域】紅心女王：砍他的頭！

聊天視窗消失。

所有怪物群起咆哮，同時朝艾利西衝來。

「等等等等！救命啊！」

終於理解是怎麼回事的艾利西像隻被人拿石頭追打的小狗，驚慌地哀鳴一聲，下意識拔腿狂奔。

他什麼都沒幹，那些怪卻像是跟他有深仇大恨，揮舞著武器在後面拚命追趕。縱使法庭再大，終究是密閉空間，艾利西才沒跑幾步便發現四周都是怪，走投無路的他抬頭一看，驚見一顆巨大火球從天而降。

「轟」的一聲，紅心女王的火球正中艾利西，群怪蜂擁而上，猶如飢渴許久一般將他的血量蠶食殆盡。

「……」

開場不到一分鐘，艾利西便慘死在地上，無數隻毛茸茸的腳從他身上踐踏而過。

他無語地躺在原地，對於方才經歷的一切難以置信。

開玩笑的吧？

這就是女王審判？

這副本分明跟愛麗絲過不去啊！

無需造成任何傷害，光是因爲職業就可以拉走所有怪物的仇恨，他從未想過憑職業也可以拉仇恨。

拉仇恨就算了，至少給個地方躲吧？可放眼望去，法庭內就像螞蟻巢穴般，每個角落都是密密麻麻的怪，他能往哪躲？更何況，女王的仇恨也在他身上。

「這都是什麼跟什麼，太過分了吧！」

被莉莉西亞復活後，艾利西悲憤地抗議，但副本的怪不會同情他，見他復活又拔腿衝來。

一聲咆哮在千鈞一髮之際從旁響起，圍攻艾利西的怪朝蘭斯洛特衝去，讓他鬆了口氣。現場一片混亂，蘭斯洛特自己拉了一群怪，沒被蘭斯洛特拉到仇恨的怪則繼續攻向艾利西，兩名打手早就忙得不可開交，法庭的怪已經擠在一起，怎麼打怎麼中，只不過比起救艾利西，他們更樂意幫蘭斯洛特清怪，減輕他坦王的壓力。

「等、等等，我——」眼看怪再度湧來，艾利西驚慌地退了幾步。

「西西你快逃！」莉莉西亞也慌了，若艾利西又被包圍，即使是她也無力回天，因爲血量下降得太快的話，她根本來不及補。

總不能一直逃！

艾利西一咬牙，伸出雙手開始瘋狂丟石。

滿地鮮奶油落在前方，他邊後退邊丟出一條白色奶油路，時不時補幾條香蕉皮，踩到鮮奶油的怪腳下一個不穩，加上身後的怪推擠，很快便摔成一團。

「去吧！」他對紅心騎士撒出滿天的紅心女王寫眞照，本來灰溜溜地準備逃走的紅心騎士立刻衝過來，沿途撞翻一堆怪。

面對距離太近的怪，艾利西就直接把鮮奶油砸到對方臉上，而經過怪多的地方，他便朝地板狂扔鮮奶油，害他們集體慘摔。一時之間情勢被艾利西控制住，而其他人早就被他的行動弄得目瞪口呆。

「我還是第一次看見有人丟石丟得這麼快……」紅心女王風兒喧囂愣愣望著艾利西，連魔法都忘了放。

「哇靠，這樣也行？」帽匠羅狄瞪大雙眼，不敢置信地說：「而且那紅心騎士是怎麼回事？在這裡他不是只是個背景NPC嗎？居然過來了？」

「快來幫我啊！」艾利西大叫，他有控場的彈藥，卻沒有傷害高的彈藥，再這樣下去遲早會被圍攻。

「風兒，幫西西一下吧。」莉莉西亞連忙出聲提醒，她得注意蘭斯洛特的血量，實在無暇分神。

女神親自請求，風兒喧囂自然不敢無視，他舉起權杖幫艾利西清了些怪，但怪仍是源源不絕地湧來。

艾利西看得出來風兒喧囂根本在打混，魔法放得漫不經心，一發下去沒打到幾隻，咒語又念得慢吞吞。

不久，艾利西再也擋不住滿坑滿谷的怪，被眾怪群起攻之圍毆致死。

他忽然明白爲何蘭斯洛特明知道是要跟他一起打副本，卻還是來了，八成是想看他出糗，而且還帶了兩個小弟助陣。

這傢伙嗆他就算了，還特地揩人一起整他，究竟有多討厭他？

「愛麗絲到底在幹麼！」一見他躺地板，還在對付紅心女王的蘭斯洛特出聲喝斥。「補師可不是二十四小時都能關照你，自己也要出點力！」

「……」

結果直到打完女王，艾利西幾乎都躺在地上，中途他被復活了幾次，但輸出不高的他無法有效擊退撲上來的怪，兩位打手又不肯幫他，所以很快就再度仆街。

艾利西簡直難以想像其他愛麗絲是怎麼撐過這個副本的。他倒還好，還有滿手彈藥給自己鋪出一條退路，但其他愛麗絲呢？撇除紅鶴愛麗絲不談，大小愛麗絲本身是近戰路線，又並非以防禦著稱，被這樣圍毆穩掛的。

「先說好，就算我有拉仇恨的技能，也不可能把整個法庭的怪都拉過去。」第二次下副本前，蘭斯洛特板起臉對艾利西說。「你沒點自保能力，沒人救得了你。」

「我知道啦，叫那兩個打手不要摸魚行嗎？我很辛苦耶。」艾利西揉了揉脖頸，無奈地回應。

「你說什麼？誰摸魚了！」風兒喧囂激動地抗議。

「就是，你的輸出差我們一大截，還敢說我們摸魚？所以我才討厭跟愛麗絲一起跑審判副本，打王時只要顧著保護你們就好啦，王都不用打了！」羅狄也義憤填膺地幫腔。

「夠了，人家是第一次打，等級又比你們低，你們的要求會不會太嚴苛了？」見艾利西被接連訓斥，莉莉西亞有點不開心了。「愛麗絲在這個副本原本就比較吃虧，將心比心不行嗎？」

聞言，三人只好將不滿吞回肚子裡。蘭斯洛特瞄了莉莉西亞一眼，忽然哼笑一聲，故作爽快地表示：「好，沒關係，看在這傢伙是新手的分上，等等風兒跟羅狄你們不必幫我，幫這傢伙清怪就行了。」

艾利西滿心狐疑，蘭斯洛特怎麼可能這麼好心照顧他？可這番話聽起來又沒什麼問題。

抱持著懷疑的心情，他跟著大家再次下了副本。

第二次闖副本時也是同樣的情況，一進入法庭，眾人都還來不及準備完畢，艾利西就被蜂擁而上的怪淹沒。不過不知是因爲艾利西的抱怨，還是莉莉西亞的斥責奏效，在他復活後，兩個打手不僅沒打混，還很認眞地替他清怪。

噠噠槍響迴盪於法庭中，與帽犯成性不同，羅狄的武器是兩把手槍。他手握雙槍不斷掃射，宛若帥氣的西部牛仔，但看過帽犯成性的戰鬥方式後，艾利西只覺羅狄毫無氣勢，花拳繡腿似的在怪身上打出一朵朵小血花而已，根本不夠看。帽犯成性可是凶狠地直接爆掉對手的頭，那才叫帥氣。

俗話說得好，情人眼裡出西施，會這麼想的艾利西也是一絕，這看法如果說出去不曉得要嚇死多少人。

在兩個打手的協助下，艾利西周圍的小怪終於被清得差不多了。見狀，他鬆了一口氣，這時才得以好好觀察紅心女王。

副本內的紅心女王不愧是BOSS，權杖一揮，使出來的魔法無論是聲光效果還是攻擊力都遠比玩家扮演的紅心女王要絢麗威猛。

幾顆火球環繞在她身旁，隨著權杖的揮動飛了出去，砸到牆上炸出眩目的煙花，蘭斯洛特舉盾抵擋女王接下來的雷擊，氣勢洶洶地對她砍去一劍。

艾利西選了個不容易被波及的位置，也開始朝女王猛丟餐刀。

「嗯？」忽然，他發現蘭斯洛特看了他一眼，背著莉莉西亞露出不懷好意的微笑。

正當他思索著蘭斯洛特又在打什麼壞主意時，莉莉西亞高聲驚叫：「快逃啊！」

「什——」一陣熱度傳來，艾利西轉頭一看，只見鑲著巨大紅寶石的權杖不知何時指向了他，頂端正在凝聚一顆巨型火球。

「咦咦咦咦？」艾利西還來不及反應，體積跟他一樣大的火球便高速襲來，把他轟飛到牆上。

「咳、咳……」他狼狽地坐起身，這一撞不僅讓令他失去大半血量，還造成了燒傷效果，他的血量飛快下降中。他望向怒氣沖沖瞪著他的女王，整個人嚇傻了。

「爲什麼——」

話還沒說完，地面瞬間浮現魔法陣，無數電流從中冒出，將艾利西電了個體無完膚，也帶走他剩餘的血量。

「……」

艾利西躺在地上，已經什麼也不想說了。

這副本跟愛麗絲眞的是超級有仇。

【密語】艾利西：怎麼會OT？我沒有武器，攻擊力超級低，對方又比我高好幾等，仇恨再怎樣也不可能轉移到我身上啊！審判副本到底是怎麼回事？

結束副本之旅後，艾利西發了密語給夜夜笙歌，並附上一排哭臉。

【密語】夜夜笙歌：我忘記叫你不要打王了……

【密語】艾利西：打混也不是這樣的！連王都不打，在旁邊呆看，有誰需要這種隊友啊！

艾利西不斷用哭哭表符洗頻，儘管如此仍不足以表達他心中的哀怨。

【密語】夜夜笙歌：這就是現實哪，小菜鳥。

夜夜笙歌傳了張嚴肅的表情。

【密語】夜夜笙歌：審判副本就是個跟愛麗絲有仇的副本，戰鬥一開始，這個職業就先幫你把仇恨拉好拉滿了，所有怪都衝著你來。愛麗絲得到的仇恨值是其他職業的十倍。

【密語】艾利西：……十倍？

【密語】夜夜笙歌：假設其他玩家對王造成1點傷害，拉了1點仇恨，那麼愛麗絲打王的話，同樣是1點傷害，卻會拉10點仇恨。要不OT實在太難了，這個十倍仇恨還適用於法庭內所有的怪。

【密語】艾利西：……

【密語】夜夜笙歌：這就是沒有人組你的原因。說得難聽點，你們就是不斷OT，又胡亂拉怪的雷隊友。沒有愛麗絲的話，審判副本只是個打手清小怪、坦拉住王、補師補血的普通副本，可一旦愛麗絲加入，整個節奏就會大亂。

艾利西再度用哭哭表符刷了整個版面，他頹然坐在長椅上，難以相信審判副本居然會如此折騰人。

「這副本該不會只能靠等級壓制吧……」艾利西喃喃道，無奈地嘆了口氣。

雖說十等以上就能挑戰，不過審判副本和花園副本的建議等級都是三十等至四十等，他這個三十等的愛麗絲想單刷，幾乎是痴人說夢。

他想過要不要乾脆去市集買審判副本掉落的材料，但想到蘭斯洛特那副嘴臉，他又有些不甘心。

他不在乎被責怪，但不代表他不在乎被整。那傢伙故意帶了兩個摸魚打手給他難堪，直到解散前都還在嫌棄他，如果就此放棄，不就證明他這個愛麗絲眞的不行嗎？

艾利西不認為自己無法撐過審判副本，要是能更有效地阻止小怪們的行動，並且能有個更好的打手願意配合他，肯定不會落得同樣的下場——

等等，更好的打手？

說到打手，他不就認識一個嗎？還是大神等級的呢。

Chapter 6 夢遊女王的審判法庭

【密語】帽犯成性：滾！！！

隔天，艾利西一上線便飛快密了競技場之王，果不其然得到對方暴怒的回應。

「大神好薄情哪……好歹之前一起下過副本，還打過兩次架了，怎麼態度還是跟第一次密他時一樣？」

艾利西無奈地嘆息，看樣子想把大神拐過來得花點心思。

縱使前一天數度遭遇挫折，艾利西依舊鬥志滿滿地準備再度挑戰審判副本，只不過一上線就吃了兩回閉門羹。一是昨天答應要陪他刷副本的夜夜笙歌居然沒上線，二是被帽犯成性果斷地回絕。出師不利，他仍不願就這樣聯絡莉莉西亞去刷副本，如此一來只會重演昨天的慘劇而已。

「喲，這不是艾利西嗎？你又來啦。」才剛走進紅心市集，艾利西便看見胡椒兔肉湯揚手向他打招呼。

今天兔肉湯回歸本業，正在當擺攤商人，身邊還放著幾本書與甜點，看起來十分愜意。對紅心城的攤商來說，買賣交易與及時行樂一樣重要，他們很享受紅心城的浪漫與市集歡騰的氣氛。反正沒有業績壓力，賣不完也不會餓死，因此大家都相當放鬆。

「今天又要挑彈藥嗎？」

「嗯。我想要控場效果更好的彈藥，你們這有嗎？」

「你等等，我問問。」語畢，兔肉湯轉向紅心商會擺攤的區域，放聲大喊：「地方的愛麗絲需要控場更強的彈藥，你們有沒有啊？」

聞言，眾人都轉過頭看來，一見到艾利西，有人熱烈歡迎，也有人竊竊私語。

「他就是那個追著黑桃二先生的愛麗絲？」

「好好一個陽光帥哥居然有被虐的僻好……果然人不是完美的。」

「又想拿奇怪的彈藥去丟大神引起注意了，你們有沒有可以釣到黑桃二先生的彈藥？看在那愛麗絲一片痴情的分上，幫一下吧？」

雖然艾利西要的是控場彈藥，但眾人似乎擅自認爲他又打算找大神麻煩了，有幾個擺攤的女玩家還莫名興奮。對此艾利西搔了搔頭，雖然他確實也想要能擊敗帽犯成性的彈藥，不過今天他可不是爲了擊敗大神而來。

「哦哦！這彈藥不錯。」一旁的胡椒兔肉湯忽然驚呼，他從一位公會成員手中接過一本書，丟給艾利西。「這本如何？感覺挺猛的，是來自海龜副本的技能書。」

「海龜副本？」艾利西眼睛一亮，趕緊低頭查看技能書的名稱。

丟石技能書：電鰻

「電鰻？」他訝異地確認技能書的資訊，上面寫著「無事不電人，凶起來很可怕的電鰻先生，等級限制三十等」。

「我還是第一次拿到有等級限制的技能書。」他愣愣地說。

「既然有等級限制，肯定是有一定威力的彈藥。」兔肉湯跟著看向資訊介面。

「不過我沒打過海龜副本，也不知道這東西可不可靠，電鰻離開水還能發揮作用嗎？」

艾利西思索一會兒後開口：「我看我還是多買幾種彈藥好了，要達到控場效果也不能只有一種彈藥。」

他在紅心商會的擺攤區逛了逛，又買下幾本新的技能書，離開之前對眾人說了一句：「如果見到黑桃二先生記得密我，我在找他。」

「沒有問題！」一個全是女商人的攤位立刻響起精神抖擻的回應。

爲了找到帽犯成性，離開紅心市集後，艾利西叫出聊天視窗。

【區域】艾利西：跪求黑桃二先生的座標！如果有人在街上目擊黑桃二先生，拜託密我！

【世界】艾利西：撲克競技場的黑桃二先生，你家愛麗絲在找你，快回家吃飯啊！拜託大家，如果在撲克競技場或是其他地方看見黑桃二先生，請他來紅心城五區的副本門口。

這高調的尋人舉動，引起閒來無事正在刷聊天視窗的玩家們關注。

【世界】山羊獵人：黑桃二先生的瘋狂迷妹出現啦！這次還喪心病狂地跪求座標，打算當跟蹤狂了嗎？

【區域】昇龍餃子：吃飯吃到副本去，是打算跟紅心騎士喝茶嗎哈哈哈哈！

【世界】四川義大利麵：強者我朋友剛在競技場被黑桃二先生完虐，他應該在一般地圖？

【區域】五柳先生：我看見黑桃二先生了！他在八區，剛經過鸚鵡小姐咖啡廳。我不敢確認他的座標，靠近他太可怕了。

【區域】黃金開口笑：八區居民報到！我剛剛用狙擊瞄準鏡看過，黑桃二先生正往紅心銀行的方向走。

【區域】櫻花蒐：一人一攔支持愛麗絲追眞愛！看到黑桃二先生的人快把他攔下來！

在遙遠的紅心城八區，帽犯成性渾身一陣惡寒。

他好好地走在路上，不知爲何投來的目光忽然異常的多。平時其他人總是盡量避免與他四目相交，可今天他卻成了注目的焦點，街上的玩家個個交頭接耳，不時朝他看過來。

這款遊戲的聊天視窗跟手機有點像，沒事時可以叫出來刷聊天頻道，也可以當作這功能不存在。一向追求效率，把線上遊戲當單機遊戲玩的帽犯成性，並沒有看聊天視窗的習慣，平常也是那種絕不刷社群網站的人。

只有當有人密他，或者組隊時，他才會看一下區域頻道與世界頻道，所以帽犯成性不知道發生了什麼事。不久前艾利西傳來的訊息已經夠讓他心煩意亂了，而現在整個紅心城都讓他心煩意亂，帽犯成性焦躁地瞪了偷瞄他的人一眼，腳步不自覺加快起來。

「大神啊，忙完後趕快去五區副本門口吧，別讓人家久等了。」他才剛踏進銀行，便有人對他如此說道。

「不不，大神你在這待著，你家那隻等等就過來了。」排隊的時候，前面那位開著聊天視窗的玩家對他點了點頭。

「大神記得回家吃飯啊。」剛存完錢，他轉頭就遇見一名玩家理所當然地提醒。

「滾！再有人跟我說一句話，我就斃了他！」帽犯成性崩潰了。

此話一出，眾人紛紛走避，驚懼地縮在一角望著他。明知道這裡是主城，不能PK，大家仍被帽犯成性的凶狠嚇得反射性退縮。

【區域】六月雪：快來啊！黑桃二先生現在在紅心銀行威脅要殺人啊！

看到這句話，紅心城的區域頻道立刻被大量玩家洗頻，其中有則獨樹一幟的發言。

【區域】芋叔鼠：搶銀行？遊戲裡可以幹這檔事？

紅心商會的成員們捏了把冷汗，深怕自家會長是想付諸行動。

【世界】五柳先生：據說黑桃二先生要搶銀行啊！那個愛麗絲快來啊！

這下換世界頻道被驚嘆號刷過。

【世界】清秀矮人：怎麼可能搶得了？那不是系統在管理的嗎……

一個腦筋比較死板的玩家發表了疑惑，但事實上，大家都知道網遊裡的銀行不可能搶得了，搶銀行還不如搶裝備實際，畢竟官方哪會那麼傻，眞的把錢財放在遊戲裡的銀行？要是眞的這麼做，那就不叫銀行，而該叫銀行副本，人人都要去搶一下了。更何況，在主城是無法進行攻擊的。

【世界】王子粗乃玩：跪求黑桃二先生搶劫影片。

消息傳得飛快，帽犯成性卻依舊站在銀行裡瞪人，渾然不知整個世界已經因爲他的一句話吵翻天。

他踏出銀行，外面站了一群趕來看熱鬧的鄉民。

「大神你還是待在這裡吧，免得在半路上錯過。」

「所以銀行有搶成嗎？成功的話說一下啊，銀行副本開打了！」

「……」

要不是在主城不能PK，帽犯成性眞的很想轟死在場所有人。平時大家對他總是退避三舍，可今天人人像是吃了熊心豹子膽似的，都來找他搭話，還一副很了解他的樣子。見鬼了，這世界到底發生什麼事？

「哦哦我看到了！大神！是我啊！」一個興奮莫名的聲音從人群中傳出，眾人聞聲馬上自動讓出一條路。

見到艾利西，帽犯成性臉都黑了。

「大神，跟我去刷審判副本吧？我今天跟人約好要刷副本，沒個給力的打手刷不成啊。」

「……」

「拜託啦大神，跟我去刷吧？我保證這次不白目，不提你的人品！」

「……」

帽犯成性掃視周遭的鄉民，最後目光釘在艾利西身上。

今天遇到這麼多怪事，該不會都是因爲這傢伙？

「大神？」艾利西發覺有點不對勁。帽犯成性意外地冷靜，面對他不小心搞出來的荒謬場面，帽犯成性竟面不改色地緩緩走下階梯，朝他走了過來。

「大神，我——」他話還未說完，帽犯成性便一把抓住他的衣領，猛然將他拉近，接著低頭狠狠撞了他的額頭。

「噢嗚！」突如其來的衝擊讓艾利西慘叫出聲，雖然不痛，艾利西還是一陣暈眩，往後退了幾步。

「你倒是說說你又搞什飛機？」艾利西一抬頭，帽犯成性便將槍口對準他的腦門，壓抑著滿腔怒意咬牙切齒地低吼。

「冤枉啊大神，我只是拜託大家幫我找你而已……」艾利西極度委屈地說，在眾人眼裡就像隻不小心犯了錯，垂著耳朵希望主人原諒的大型犬。

「密你你都拒絕我啊。」艾利西用哭腔說，可憐兮兮的。「所以只能當面求你了，大神，幫一下啦。」

「滾！」

「你忍心讓我這個愛麗絲在審判副本被排擠嗎？」艾利西不放棄裝哭。

「我恨不得全世界都排擠你。」帽犯成性冷冷表示。

「別這樣啊大神！」艾利西往前一撲，抱住了帽犯成性的腰。「跟我來啦！我不會讓你失望的！這次我會用鮮奶油以外的地雷！跟我來啦嗚嗚嗚……」

「叫你滾沒聽見嗎！」帽犯成性拚了命踹開他。

這幅景象令看戲的鄉民們頓時有種在看八點檔的感覺，能不畏黑桃二先生的可怕氣場，在光天化日之下如此明目張膽地抱大腿，堪稱一絕，更何況這個愛麗絲的理由又是如此悲慘，人人都知道愛麗絲在審判副本的處境。

「只是刷個副本而已，就幫幫他吧？」

「以大神的等級，應該能輕鬆解決審判副本吧？」

「感覺怪可憐的，人家也不是故意要當雷隊友，大神就帶一下吧？」

帽犯成性瞪了那些人一眼，惡狠狠吐出一句：「那你們帶啊？」

聞言，眾人個個像剛才沒說過話似的，閃躲帽犯成性的視線，帽犯成性頓時更加煩躁。

艾利西害他騎虎難下，若不答應，這傢伙八成會繼續在眾目睽睽之下死纏爛打，而這裡是不能PK的主城，他也沒辦法像上次一樣，一個不爽就槍斃人家。

眼看圍觀的人越來越多，帽犯成性終於受不了了。他用力推開艾利西，自暴自棄地開口：「要組就組！給你十秒鐘！」

「耶！」艾利西歡呼一聲，以最快速度發送了邀請。

「眞的拐到啦？」

「恭喜啊，大腿抱成功了！」

見艾利西拐到大神，看熱鬧的玩家們都出言祝賀。帽犯成性無法再忍受當這場鬧劇的主角之一下去，立刻把艾利西拉走。

「謝謝大家，我先走了，審判副本會刷得妥妥的給你們看！」雖然被拖著走，艾利西仍不忘回頭向眾人揮手道別，看得帽犯成性很想一巴掌呼過去。

【世界】艾利西：感謝大家的幫忙，我抓到黑桃二先生了。

遙遠的棋盤城中，毒蘋果公會大本營裡，當蘭斯洛特看見這番話時，一口茶差點沒噴出來。

今天一上線，他就摩拳擦掌等著再讓艾利西難堪，想不到過沒多久，艾利西便在世界頻道引起軒然大波，動員一堆玩家尋找競技場大神，就爲了有個打手。

找別人也就算了，偏偏找出了名的凶殘、號稱戰場鬼神的黑桃二先生。蘭斯洛特看見消息時簡直要笑破肚皮，這等大神怎麼可能會答應？

他都已經想好之後要怎麼奚落艾利西了，但約定時間還沒到，艾利西居然已經成功了，剛剛還給莉莉西亞捎來訊息表示不必再找打手。

現在是怎樣？自備打手不求人？就算昨天再怎麼委屈，也不用乾脆帶遊戲裡最優秀的打手來吧？

一想到大神即將成爲隊友，蘭斯洛特整個人都不好了。

有大神在，他還會是隊伍的中心嗎？一旦失去主控地位，他可就沒法再像昨天那樣耀武揚威了。

到了約定時間，蘭斯洛特跟莉莉西亞抵達紅心城副本外，遠遠便瞧見艾利西笑容滿面地朝他們揮手，身旁還跟著一臉不情願的大神。

「我今天有備而來喔。」艾利西得意地挺起胸膛，彷彿搖著看不見的狗尾巴。

「……」帽犯成性與蘭斯洛特同時面無表情看了他一眼。這叫有備而來？

「要不要再組一個？」隊員欄還有一個空缺，於是莉莉西亞歪了歪頭詢問。

「不需要，我一個人單刷都行。」帽犯成性冷冷地回。他曾經有段時間整晚窩在審判副本衝等，這類一路打到底經驗值滿滿的副本最適合他，所以他早就刷到不想再刷了，偏偏被艾利西抓過來。

「嘿嘿，我們走吧。」艾利西開心地拉住帽犯成性的手，把人帶進副本。當他們踏入寬敞的門廊時，帽犯成性舉起槍，冷淡地說：「等等跟著我就對。」

眾人還來不及疑惑，帽犯成性已經衝了出去，槍聲霎時響徹整條長廊。

「靠。」蘭斯洛特瞪大眼睛，忍不住爆了粗口。

帽犯成性跟蘭斯洛特一樣是埋頭往前衝的打法，只不過有個關鍵性的不同——帽犯成性不拖怪，而是直接大開殺戒。

對帽犯成性來說，這個闖了不下幾十遍的副本就像自家後院，他閉著眼睛也知道怪在哪。

當怪還在一段距離之外，根本無法發現他時，帽犯成性的子彈便已經招呼過去，槍槍打在要害上，每隻怪幾乎都是挨上兩發就倒。從艾利西他們的角度來看，帽犯成性有如一道巨浪，被巨浪推過的怪統統瞬間倒下，所過之處無一生物倖存。

以等級壓制的殘暴打法讓眾人看傻了眼，艾利西開起小花，忍不住喊了一句：「不愧是我看上的BOSS！」

帽犯成性轉頭掃去森寒目光，艾利西連忙縮起肩膀，乖乖閉上嘴。他差點忘了之前跟大神約好了這場不要白目，看來還是少開口爲妙。

有別於蘭斯洛特那種常見的拖怪集中打的方式，帽犯成性是一路推過去，完全沒停下腳步。眾人踏過無數屍體來到法庭的大門前，果斷地走了進去。

「西西，等等盡量待在蘭斯洛特身後吧？」莉莉西亞一邊爲所有人附加輔助狀態，一邊擔憂地勸告。

「不用。」艾利西語帶笑意。「妳跟蘭斯洛特負責把王拖住就行了，小怪由我跟大神來清。」

帽犯成性瞄了他一眼，不以爲然地哼了聲。

「砍他的頭！」女王指著艾利西厲聲尖叫，瞬間又像昨天一樣，整個法庭的怪全朝艾利西衝來。

帽犯成性與艾利西事前並未溝通過，兩人卻很有默契地站在一起。有了大神罩，艾利西不怕自己再被圍毆而死，於是好整以暇地扔出了新彈藥。

咻咻幾聲，無數顆水球從他手中冒出，不停砸向迎面而來的怪。帽犯成性煩躁地瞪了艾利西一眼，手裡的步槍亮起，接著他雙手持著步槍對準眼前的群怪，瘋狂掃射起來。

此刻槍聲的頻率比平時要密集得多，血花四濺，場面慘烈得有如人間煉獄。

帽犯成性發動了大絕之一「機槍連射」，在短時間內，步槍將具備機關槍的性能，能夠進行比平時更加猛烈密集的連射，而他這麼做是爲了保住艾利西。

縱使不甘願，帽犯成性也明白艾利西找他下副本的原因，所以自然不會讓自己的搭檔失望。更何況艾利西有超高仇恨，站在他身旁怎麼打怎麼中，這點帽犯成性倒是十分滿意。

前方屍橫遍野，最前線的屍體擋住了後面的怪，儘管如此，怪仍是持續不斷地湧上。此時在帽犯成性的掩護下，艾利西把水球丟得差不多了，於是他扔出一條電鰻。

「咦？」

電鰻先生老實地躺在地上，毫無反應，只是條電鰻。

艾利西頓時想起物品資訊寫著「無事不電人，凶起來很可怕的電鰻先生」，難道要讓電鰻有事才行？

這次艾利西把電鰻丟向怪群，被怪踩到的電鰻先生立刻彈起來，霎時光芒四射，被水浸溼的地面與怪的身上都冒出雷光，彷彿雷神降臨一般，無數雷電竄流，怪物們紛紛哀號著停下動作。

浩大的聲勢引起蘭斯洛特和莉莉西亞的注意，兩人吃驚地望著那邊雷光伴隨著槍響的組合。現在是怎樣，隊伍裡混進紅心女王了嗎？

無數被電擊的怪陷入麻痺狀態，難以動彈，帽犯成性沒有放過這個大好機會，在冷卻時間結束後再度使出機槍連射。從四面八方襲來的怪被艾利西制住行動，再加上帽犯成性驚人的清怪效率，整個法庭的怪飛也似的持續減少。

對於艾利西搞出來的場面，帽犯成性相當樂見，這下他不用分神走位閃怪，能盡情大開殺戒，想轟誰就轟誰。如果有怪離他們太近，艾利西就幾顆水球配上一條電鰻麻痺對方，過沒多久，法庭裡的怪便被清光，他們隨即轉戰紅心女王。

帽犯成性毫不客氣地一個大絕轟過去，瞬間拉了不少仇恨，他像是沒看見蘭斯洛特似的，毫無顧忌地瘋狂開技能射擊。

「想OT嗎你！」蘭斯洛特憤怒地咆哮。

「我來坦。」帽犯成性霸氣地丟下這句話，眞的把紅心女王拉了過去。

他一個移位，閃避女王轟來的冰錐，他當然不會和蘭斯洛特一樣以肉身坦怪，打手坦怪都是用打帶跑的方式。被清空的法庭成了帽犯成性的舞臺，他一面後退一面射擊女王，見腳下浮現魔法陣就閃開，面對瞬發魔法便靈巧躲過，打過女王無數次的帽犯成性早已對她的攻擊瞭若指掌，甚至還有空去瞪艾利西。

「誰准你打混？」

「咦？可是我——」

「打就對了，不准給我偷懶。」

艾利西猶豫地丟出幾把餐刀，然後警戒著女王的反應，但很快他便發現，情勢與昨天不同。

「不會OT耶！」艾利西興奮地高呼一聲，加快了攻擊速度。無論他怎麼丟，女王的仇恨都穩穩地在帽犯成性身上，這讓他樂壞了，開始瘋狂地亂丟彈藥。

「不准給我丟會害人滑倒的東西！」帽犯成性氣急敗壞地扔下一句，生怕這個雷隊友一不小心又害死他。

聞言，艾利西才稍微收斂了些。

絢爛的魔法滿場飛舞，槍聲不斷彈無虛發，儘管女王拚盡全力想解決帽犯成性，仍是無法傷到他分毫。

直到女王倒下，都沒有發生愛麗絲OT的狀況。

「天啊，大神你真的太行了！」艾利西是想過帽犯成性應該可以挽救他的處境，可並沒有想到能做得這麼完美，狂喜之下，他不禁撲過去抱住人家。

「我看見你的臉就想打，滾。」帽犯成性推開他的頭。

艾利西無視他的排拒，洋洋得意地對蘭斯洛特說：「怎麼樣？我今天沒OT了！」

「輸出不到人家的十分之一還敢說……」蘭斯洛特氣到快吐血了。

「滿意了吧？我要走了。」帽犯成性邊說邊打開自己的物品欄，隨意掃視一眼戰利品，依然全是廢物。打審判副本根本是浪費時間，他打算一離開副本就馬上退出隊伍。

「等等啦大神，我看一下素材齊了沒——咦？」艾利西在自己的物品欄發現一樣像是武器的東西，於是拍了下格子，武器隨即憑空冒出，落到他手中。

這武器有著炫目的金色杖身，頂端鑲有一顆紅色的心形寶石，艾利西嘖嘖稱奇地揮了揮。

「……」帽犯成性臉都黑了。

「……」蘭斯洛特瞪大眼睛。

「可惜不是白皇后權杖。」莉莉西亞嘆了口氣，並不顯得意外，過去她曾因爲艾利西而受惠過不少次。

「你這傢伙明明沒多少輸出，爲何會掉在你身上啊！」蘭斯洛特回過神，第一件事就是指著艾利西破口大罵。

「這……該怎麼說呢？」艾利西搔了搔頭，最後露出爽朗的笑容。「只能說我人品好了吧？」

「……」

「滾，我不想看見你。」帽犯成性踹了他一腳，叫出視窗準備退出隊伍。

「等等啊大神！」爲防大神逃走，艾利西再度撲抱上去，露出討好的笑容。「做個交換吧？這把杖給你，再陪我刷刷副本？」

「……」

「我只要技能書和材料，其他都不要。跟我刷副本，神裝武器統統歸你喔，大神。要不？」他賣萌似的眨了眨眼，循循善誘。

「……」

當帽犯成性回過神時，他已經開始陪艾利西刷第二趟副本了。

這位競技場戰神第一次對自己感到絕望。

♥

隔天，江牧曦在閒暇時去逛了遊戲討論區，看見一個熟悉的標題。

〔討論〕獵捕黑桃二先生懶人包

有個好心的紅心城玩家爲了滿足大家的好奇心，寫出了艾利西昨天尋找黑桃二先生的過程，還將銀行抱大腿事件也記錄了下來。果不其然，留言處笑成一團，而且幾乎都是樂見其成。

「終於有個人要去收那妖孽了。」十三樓的留言表示。

「樓上，你確定黑桃二先生是妖孽嗎？在我看來那個愛麗絲比較妖孽啊。」十四樓回應。

「聽說那個愛麗絲也是帥哥。」

「帥哥總是有缺陷的，看大神就知道了。」

「說這什麼話？大神超完美的好嗎，除了人品以外，沒什麼好挑剔的。」江牧曦忍不住回。

「靠，本人現身說法啦！」

「樓樓上是本人啊！」

夜深之後，江牧曦再度化身爲艾利西上了線。

昨天在帽犯成性的幫助下，刷副本的效率大幅提升，需要透過審判副本取得的材料都收集得差不多了，只剩下零散的材料。有些在紅心城之外的副本才能取得的材料他不考慮，他想慢慢熟悉這世界，太快把三大主城的副本都玩遍就沒意思了。

打開好友介面，見昨天整晚不在的夜夜笙歌終於上線，艾利西馬上傳了訊息詢問原因，很快得到回應。

【密語】夜夜笙歌：抱歉啊，小菜鳥，昨天我有個朋友失戀，我被拖著去買醉，喝到早上才回家，唉。

他可以想像夜夜笙歌有多無奈，而想想又覺得對方會如此無奈，說不定事有蹊蹺，於是連忙再問。

【密語】艾利西：你該不會被撿屍了吧？

【密語】夜夜笙歌：怎麼可能。

夜夜笙歌不到一秒便回覆。

【密語】夜夜笙歌：男人被撿屍也太恥辱了，我還沒弱到那種地步。但我本來不想喝那麼多的，酒在遊戲中就可以喝了，還不傷身，偏偏我朋友就是要喝到不醉不歸，還抓人陪葬。

聞言，艾利西想起他在紅心城看過酒館，有的地區酒館特別多，有的地區則完全沒有。

【密語】艾利西：紅心城是不是有什麼酒館之街的地方？有的地方酒館特別多，常看見一堆人在買醉。

【密語】夜夜笙歌：你不知道嗎？

夜夜笙歌傳了個微笑的表符。

【密語】夜夜笙歌：如果你今天沒什麼要緊的事，要不要跟我來個紅心城一日遊？

艾利西「咦」了一聲。

話雖這麼說，爲何他怎麼聽都覺得像是要去約會？

Chapter 7 夢遊紅心市集

最後，艾利西還是按捺不住好奇心，跑去找夜夜笙歌了。雖然打倒大神很重要，收集製作裝備的材料也很重要，但他不是帽犯成性，不會把網遊當單機遊戲玩，與朋友享受這個世界帶來的樂趣同樣重要。

他們約在十二區的中央噴泉公園見面，才剛踏入十二區沒多久，他便找到了夜夜笙歌所說的廣闊公園。

公園裡玫瑰盛開，還有一大片翠綠的青草地，玩家們三三兩兩坐在野餐墊上，悠閒地消磨時間，有些人還直接躺在草皮上呼呼大睡，是個能讓人放鬆發懶的好地方。從沒來過這裡的艾利西沒想到除了紅心市集，還有另一個野餐聖地。

很快，艾利西在公園中央的大噴泉旁看見夜夜笙歌。

毛蟲術士坐在長椅上看書，愜意地靠著椅背，整個人散發出優雅閒適的氣息。

此刻的夜夜笙歌很不夜夜笙歌，艾利西從沒看過這一面。這也是網遊的有趣之處，在這個世界可以接觸到與自己來自不同環境的人，並和現實中毫無交集的人當朋友。他猜想，夜夜笙歌在現實裡或許是文藝青年，但隨即又推翻了這個猜測，因爲文青應該不會取夜夜笙歌這麼猥瑣的名字。

他一屁股在夜夜笙歌身邊坐下，笑著喚了聲：「夜夜。」

一見到他，夜夜笙歌溫柔地笑了笑，闔上書本。

「抱歉啊，小菜鳥，昨天沒陪你刷副本。你刷得如何？晚點還要去刷嗎？」他邊說邊揉揉艾利西的頭，艾利西瞇起眼，露出享受的表情。

「不用了，昨天我拜託大神幫刷，材料已經收集得差不多了。」

「……大神？」夜夜笙歌僵住了。他看著艾利西，神情古怪。「你是說……黑桃二先生？他帶你刷副本？」

上次帽犯成性跟他們組隊刷完副本後，對艾利西的態度根本已經是把他當仇人看，為何會肯再跟艾利西組隊一次？

「我去求大神，他就幫我了，還陪我刷好幾次。」

「……」夜夜笙歌覺得自己肯定錯過了什麼，以艾利西的防彈玻璃心來看，八成是用了什麼方法逼得大神不得不同意。

夜夜笙歌有點惋惜錯過了昨天的好戲，不過他相信類似的戲碼今後還會持續上演，所以他也不急，站了起來跟艾利西離開。

「好多人在野餐啊，跟紅心市集一樣。」艾利西東張西望。

「因為這裡是十二點鐘方位。」兩人一同漫步在開滿玫瑰的公園，夜夜笙歌語帶笑意。「因為以白天來說，十二點是午餐的時間，所以才會有野餐聖地，餐廳也比較多。」

「午餐？」艾利西愣了下，這才意識到這件事。

他跟著夜夜笙歌走到街上，除了空的住宅與一些必要的NPC商店，兩旁確實以餐廳居多，有些店面是廚師技能高的玩家自行開設的，此外也有不少NPC開的餐廳。這裡的NPC八成以上是動物，偶爾才會看見人類。

他們走在餐館林立的街道上，十分悠哉。艾利西忽然能理解爲何這遊戲的玩家等級升得這麼慢了，像帽犯成性那種心無旁騖狂刷副本、猛衝競技場的人終究是少數，大部分的玩家都會花時間享受仙境的生活。

當他們來到一區後，餐廳所占的比例就正常了，且完全看不到酒館的蹤影。夜夜笙歌表示下午是看不到酒館的，一區和二區多半是住宅，有獨棟別墅也有公寓，沒什麼錢的玩家通常會先在公寓買一間房存放物品。

抵達三區時，艾利西與夜夜笙歌頓時成了這區的異類，因爲放眼望去幾乎全是女孩子。

各色各樣精緻可口的點心陳列在店鋪的櫥窗裡，到處都可以看見咖啡廳，有的露天咖啡廳外面還有動物NPC在演奏樂曲。不少女孩子點了滿桌的點心，有說有笑聊著天，到處都洋溢著滿滿的少女氣息。

「三點是午茶時間，所以這邊咖啡廳跟點心店最多。」夜夜笙歌說明，艾利西好奇地張望，注意力被充滿異國風情的街道徹底吸引。

兩名帥氣的男人走在街上，引來不少異性的目光，很快，幾個較爲主動的女孩就過來搭訕他們了。

「請問一下，可以跟你們做朋友嗎？」女孩們嬌笑著，其中一位還親暱地拉住艾利西的手。「要不要一起喝咖啡？我知道一間很不錯的店喔。」

「抱歉，我現在在約會。」艾利西綻開陽光般的笑容，以開玩笑的語氣回應。

由於他是對著少女說的，所以沒看見夜夜笙歌聽聞後挑了挑眉的樣子。

「欸——那可以加個好友嗎？之後有空一起出來玩吧，打副本喝咖啡，什麼都好。」

「可以呀。」艾利西乾脆地答應，於是女孩們紛紛圍了上來，與他互加遊戲內的好友。

他正値愛玩的年紀，自然不會拒絕女孩子們的示好。聊了幾句，承諾下次再見後，他才從女孩們之中脫身，開心地回到夜夜笙歌身邊，卻見到夜夜笙歌的表情似笑非笑，就好像在看一個胡鬧的孩子。

艾利西不禁偏了偏頭，疑惑地問：「怎麼了？」

「有些玩笑不能亂開。」夜夜笙歌用食指抵住他的唇，柔聲說：「要是有人當眞就不好了。」

難道是在說約會的事？

艾利西覺得這只是個無傷大雅的玩笑，他也相信夜夜笙歌不會介意，於是又開玩笑地問：「如果當眞會怎樣？」

「可能會變成眞正的約會。」

不知怎麼的，夜夜笙歌的語氣明明很輕鬆，艾利西卻覺得這話相當認眞，並不是在說笑。想到這裡，他的雙頰燥熱起來，略顯窘迫地垂下頭，低聲應了句：「知道了。」

夜夜笙歌微微一笑，揉揉他的頭作結。

兩人繼續移動，來到了五區，一踏入便發現人滿爲患。五區向來是紅心城最熱鬧的地方，因爲這裡有紅心城的熱門景點，紅心市集。

這個NPC與玩家聚集買賣的地方，帶動了整個五區的經濟，許多專攻生產系技能的玩家都會在這開店。走在街上，可以看見兩旁有各式各樣的裁縫店、武器店、飾品店等，餐廳則偏少，主修廚師技能的玩家主要戰場在三區。

他們經過一棟漂亮的豪華別墅，別墅前的庭院花團錦簇，還有座噴水池，看起來美輪美奐。這間價位肯定不便宜的房子並未被標示爲出售中，因此艾利西十分驚訝。

「已經有玩家的錢多到可以買下一棟別墅了？」他看過紅心城內各類房屋的價

位，對於房價大致有個概念，位於商圈的豪華別墅不用說，絕對是天價。

「你不知道嗎？」夜夜笙歌笑著說。「這棟別墅就是紅心商會的大本營。」

「哎？」艾利西呆住了，他瞪大眼睛，完全想不到市集那群像是野餐流浪漢的玩家，居然有這麼豪華的大本營，他還以為紅心市集就是他們的根據地。

「像他們那種專玩買賣的玩家，賺的錢多半不少，要賣的貨物也多，自然得有棟房子當倉庫，大部分的公會都有一整棟房屋作為本部。」

「這本部真的太土豪了，不愧是商會。」艾利西讚嘆。

當他們踏入紅心市集時，艾利西表示自己已經對這裡很熟悉。

「我天天來逛，都是為了找到能打倒大神的彈藥。」

艾利西所言不虛，一路上有許多攤販熱情地向他打招呼，大家都知道他要找什麼。

「今天又來找丟大神的東西啦？」

「有新進的丟石技能書，要看看嗎？」

「之前你提的材料到貨嘍。」

「真的嗎？我要看！」艾利西走入攤位群之中。就像是要餵食一樣，攤販們一個個圍過來，給艾利西看他要的那些東西。

最後，艾利西滿載而歸，他喜孜孜地回到夜夜笙歌身邊，興奮地說：「終於收齊了！今天可以去做裝了。」

「做裝？」

「嗯，我打算做一套丟石裝衝傷害。」

「只做裝夠嗎？」夜夜笙歌有些懷疑。「你現在拿的還是餐刀對吧？要不要換傷害高一點的彈藥？」

聞言，艾利西的臉色垮了下來。「傷害高的彈藥很搶手，目前都缺貨中。」

「喲，這不是艾利西嗎？還有夜夜。」一個聲音從兩人身後傳來，他們回頭一看，胡椒兔肉湯又出現了。他拍拍艾利西的肩，有些得意地問：「昨天那電鰻用得怎樣？好玩嗎？」

「好玩！超適合控場的，幾發水球配一條電鰻砸過去，整群怪就麻痺了。」艾利西豎起大拇指。

「那是當然，海龜副本可是目前最難打的副本之一，掉的彈藥威力肯定強。你之後也可以去打打看，憑你的運氣說不定能有意外收獲。」

「可是我才三十等，能打嗎？」艾利西疑惑了。

「可以，海龜副本的最低等級限制是三十。」夜夜笙歌開口。「《愛麗絲Online》的副本等級門檻都很親民。」

「對啊，雖然主城的兩大副本建議等級是三十到四十，但其實只要十等就能進入了。而海龜副本的建議等級是六十，不過三十等就可以闖。據說官方這樣設定是爲了提升遊戲的自由度，只要玩家有膽子就可以挑戰。」胡椒兔肉湯聳聳肩。「至於越級打怪會在副本躺幾次地板，就不干官方的事了。」

「這眞是令人振奮的消息呢，我先去那死個幾次試試好了！」

「……」雖然痛感可以調整至零，但能如此乾脆地說出這番話還是挺詭異。

艾利西不在乎兩人古怪的神色，他拉起夜夜笙歌的手，開心地搖了搖無形的狗尾。「走吧，去做裝去做裝，幫我做裝的那位據說是裁縫等級很高的玩家，我順便爲夜夜介紹一下。」

夜夜啞然失笑，乖乖跟著走了。

「怎麼回事？那個愛麗絲不是一心向著大神嗎？」

「變心了？還是純朋友？或者那個毛蟲在追他？」

兩人才剛離開，紅心公會的女孩們便湊過來向兔肉湯打聽八卦，還越腦補越誇張，使得胡椒兔肉湯相當無奈。

有時候他眞搞不懂所謂的「腐女」腦袋裡到底裝了什麼東西，她們的想像力猶如滔滔江水連綿不絕，永遠沒有極限。

一個女孩從胡椒兔肉湯身後冒出來，望著那對遠去的身影，她笑吟吟地開口：

「是說，有沒有人告訴艾利西，黑桃二先生常常待在那個副本？」

當艾利西與夜夜笙歌來到六區時，遊戲裡配合地進入了夜晚。街燈的暖黃色光芒爲街道增添了溫馨的氛圍，這裡的店面跟十二區一樣，以餐廳居多，還能看見有幾家酒館，而到了八區後，又出現公園廣場這類休閒去處。

「我收集完啦！」一進店門，艾利西劈頭就是這句。

坐在櫃檯後的少女愣了下。「這麼快？我以爲至少要一個禮拜呢。」

「材料靠好友，副本靠神手。」艾利西有些得意地說。

他交付了材料與製作費，順便向夜夜笙歌介紹了琉璃雪，之後兩人便離開八區。到了九區時，艾利西看了下時間，發現現實世界已經是凌晨四點，他們花了好幾個小時遊紅心城，卻還有四分之一的區域尚未探訪。

「紅心城眞的好大，要是有坐騎就好了。」艾利西忍不住感嘆。這一趟走下來，他有點疲倦了。

「在這個遊戲裡，坐騎並不普遍。」夜夜笙歌的表情略帶惋惜。「坐騎跟金字武器一樣稀有，可以在商城販售的轉蛋裡抽到，也可以在副本打到，兩種方式取得的機率都很低，所以市面上坐騎的價格往往相當高，會飛的坐騎更是天價。」

「會飛的坐騎？」艾利西在玩遊戲的第一天，就騎著莉莉西亞的鴿子到處飛過，原來那是絕頂神器。

「目前最有名的飛行坐騎是惡龍傑伯沃基，只在官方限定活動出現，是傳說中的坐騎。」夜夜笙歌聳聳肩。「其他就是鴿子、鸚鵡之類，不過全是有錢人或者運氣爆棚的人才能擁有的東西。」

「還有女神。」艾利西喃喃。人正果然好處多，但他頓時擔心哪天姊姊會不會被人家用好裝備拐走，看樣子他得注意一下。

突然，高亢外加走音的合唱聲打斷了他的思緒，艾利西聞聲看去，只見某間酒館門前有一群男性玩家彼此搭著肩膀，醉醺醺地唱歌。他們走得搖搖晃晃，很自然地融入街景中。

九區正是酒館區，隨便一掃都可以發現一家，英式酒館處處皆是，街上跟三區一樣熱鬧，來喝酒或聚會的玩家眾多。這裡有高檔的酒吧，也有中低階層聚集的酒館，比起先前看過的各種夢幻場景，九區的景象顯得較爲貼近現實，儘管如此也仍是浪漫風情十足。

「九區眞不錯，不過我不會想住在這。」艾利西笑著說，從早到晚看醉漢鬧事，他可受不了。

「我也是，我喜歡安靜的地方。」夜夜笙歌附和。「紅心城太熱鬧了，茶會森林比較適合我，我家就在那。」

「你家不是在毛蟲森林嗎？」艾利西故作天眞地問。

「你眞的很堅持我是怪哪……」夜夜笙歌無奈地嘆息一聲。

「你是毛蟲森林的BOSS，大神是競技場的BOSS。」像是覺得自己這番話很有道理似的，艾利西說完還滿意地點了點頭。

「這樣啊。」夜夜笙歌笑了，他凝視著艾利西，語帶深意：「那你該不會也打算攻略我吧？」

「不，我想攻略的只有大神。」艾利西毫不猶豫地回答。

瞧他這麼認眞，夜夜笙歌決定放棄詢問他有沒有聽懂話中的調侃之意。

艾利西對帽犯成性的執著超乎想像，使得夜夜笙歌心中五味雜陳，既高興終於找到一個能讓黑桃二先生吃癟的人，又不高興自家狗狗好像跟別人跑了。

他們在九區閒晃，此區除了買醉的人以外，全副武裝的玩家也特別多，一路上他們與好幾支隊伍擦身而過，有些人認眞地拿著地圖互相討論，有些人則手持武器，興致高昂。

見艾利西滿臉好奇，夜夜笙歌解釋：「酒館是接任務的好地方，每家酒館的老闆手上都有許多支線任務，有的完成後還會給不錯的裝備。」

艾利西恍然大悟。對此他並不感到意外，畢竟酒館的老闆總是握有不少小道消息。聽夜夜笙歌這麼說，他頓時挺想去碰碰運氣，看會接到什麼任務。

「走吧走吧，我們也去喝一杯。」他拉著夜夜笙歌，興沖沖地走向街邊。

夜夜笙歌知道他在想什麼，於是無奈地笑了笑，任由艾利西帶他走進一間十九世紀英式風格的小酒館。

一踏入酒館，艾利西便見識到何謂「麻雀雖小，五臟俱全」，空間不大的小酒館像個舒適的家，鵝黃色的燈光溫暖了室內，牆上掛著幾幅畫作，還有一座古老的咕咕鐘，漂亮的小飾品與酒瓶陳列在各個角落，處處充滿巧思。

其中最有意思的是酒吧後方架上五花八門的酒，滿滿的酒瓶讓艾利西一時看花了眼。他滿懷興奮在吧檯前坐下，看著酒館老闆——一隻模樣老成的度度鳥。

「要喝什麼？」度度鳥老闆看都不看艾利西，安靜地擦拭酒杯。

「唔……我想一下。夜夜，你要喝什麼？」

「我隨便，一杯麥酒好了。」夜夜笙歌才剛說完，度度鳥便以迅雷不及掩耳的速度遞上麥酒。

「那我也要。」艾利西也開心地從度度鳥那裡拿到一杯麥酒。

他喝了一口，滑順爽口的口感相當不錯，讓他覺得或許以後可以拉大神來喝看看。不過現在他的目的不是喝酒，而是跟度度鳥老闆接任務。

「最近有什麼麻——」話說到一半，他忽然停了下來。

度度鳥老神在在的樣子令艾利西越看越好奇。既然這位酒館主人掌握了許多小道消息，那麼如果是任務以外的事，度度鳥會回答嗎？

「你知道海龜副本會掉什麼彈藥嗎？」

「彈藥？」度度鳥老闆抬頭了，他蹙了蹙眉，似乎覺得莫名其妙。「你是說那群喝酒鬧事的傢伙們丟的東西？」

說著，他嘆息一聲，擦著杯子低喃：「那種東西海龜先生很多……眞是的，那麼高單價的食材也這樣隨意浪費……」

艾利西眼睛一亮，興奮地趕緊再問：「那是什麼東西？我們也可以丟嗎？」

「我不知道，你看海龜先生願不願意教你吧。」度度鳥老闆興致缺缺地說完，再度沉默下來，就在此時，艾利西的眼前彈出視窗。

系統提示：玩家 艾利西 接獲任務『龍蝦方塊舞』。

「這樣也行？」夜夜笙歌傻眼了，這下可眞是大開眼界。他以爲向NPC接任務時，臺詞通常都是千篇一律的「最近有什麼麻煩嗎」、「我要接任務」這類開門見山的說法，結果艾利西隨便一聊，居然就接到神秘任務了。

「肯定是這個！」艾利西激動地拉了拉夜夜笙歌的衣袖，指著龍蝦方塊舞這個任務名。「可以丟龍蝦還是方塊什麼的！」

「龍蝦？我沒聽說過會掉龍蝦啊……」說完，夜夜笙歌陷入沉思，他也是第一次知道可以在酒館接到海龜相關的任務。縱使已經開服一段時日，《愛麗絲Online》中仍有許多地方還未被摸清。

見艾利西興致勃勃，夜夜笙歌可以確定小菜鳥的下一個目標肯定就是海龜副本了。於是，他忍不住多叮嚀了幾句：「海龜副本在城外，要過去的話必須仰賴獅鷲獸或飛行系坐騎，你可以先把主線任務解一解。」

想到始終拖著沒解的主線任務，艾利西整張臉垮了下來。這樣他要等多久才能去海龜副本？

「我想想有沒有其他辦法。」

Chapter 8 夢遊海底之鄉

結果隔天，艾利西就找到解決辦法了。

「哦哦，謝啦，效率眞好。」他開心地從魚頭信差手裡接過一個禮物盒。幾分鐘前他才剛關閉聊天視窗，過沒多久東西就送到他手中了。

他興高采烈地打開禮物盒，一隻鳥兒從裡面蹦出來。純白的鴿子停在他肩上，歪了歪頭，咕了一聲。

系統提示：白鴿想認你爲主，同意嗎？

艾利西被鴿子蹭得咯咯笑出聲，他伸出手，鴿子飛到他手上。「當然。來，在我面前展現眞實的姿態吧！」

說完，白鴿就像進化一般全身發光，體型越變越大，最後成爲一隻足以承載三人的巨型白鴿。

今天一早他問了姊姊能否借鴿子一用，而莉莉西亞乾脆地答應了，理由居然是她還有一隻坐騎，這讓艾利西認識到姊姊也是個土豪。

他騎上白鴿，精神抖擻地向天空一指：「走吧，飛出紅心城！」

白鴿一拍翅膀，輕盈地飛上天，艾利西眼前的視野頓時開闊起來，浪漫的時間之城盡收眼底。

艾利西發現有幾個玩家跟他一樣翱翔於空中，有人乘著色彩斑斕的鸚鵡，也有人騎著帥氣的老鷹。基本上，擁有飛行坐騎的玩家不是人品超強就是好野人，那些玩家之中有的確實打扮得特別華麗，從武器到服裝都是成套的，一看就知道肯定要價不菲。

一名白鎧甲騎士發現了艾利西，驅使白色大鸚鵡飛了過來。

「新手嗎？人品眞好啊，要不要加入我們公會？」由於艾利西一臉菜樣，裝備也陽春，因此立刻被猜到是新手，而艾利西也從那精緻的鎧甲與氣派的披風判斷出對方多半來頭不小。

「抱歉，我目前還不打算入公會。」艾利西笑著婉拒，接著詢問：「你知道海龜副本在哪個方向嗎？」

「噢，往那邊去就是獅鷲獸海岸。」白騎士玩家指著七點鐘方向。「海龜島嶼離獅鷲獸海岸不遠，到了海岸應該就能看見小島了。」

艾利西滿心歡喜地向對方道謝，立即飛往獅鷲獸海岸。他本以爲很快就會抵達，想不到城外的世界出乎意料的大。

底下是一片茂密的森林，幾個小村落散布在森林中，偶爾還會在較偏僻的地方看見小木屋。夜夜笙歌說過，這些城外的小村落非常重要，因爲遊戲的地圖很大，有時可能花一整個晚上也走不到目的地，再加上沿途怪物的等級高，還有許多野外BOSS，處處都是危險，一旦掛了就只能等人幫忙復活，或是返回重生點，但這樣等於要重新來過。

這種時候，小村落便發揮了非常重要的作用，那就是可以被設定爲重生點。玩家只要進入村落，重生點就可以換成該村落，而非主城。如此一來，即使不幸死亡也不用從主城重新出發，這對某些技術不太好或者等級不高的玩家來說，無疑是一大福音。

要在一個晚上到達別的主城自然也是不可能的，越是遠離主城，遇到的怪物就越強。例如若要從紅心城走到茶會森林，除非騎飛行坐騎，否則一定會經過一座平均等級在四十以上的怪物巢穴。

小村落不僅可以設爲重生點，也有傳送點可以直接傳回主城，一般玩家都是一邊開拓新的重生點，一邊想辦法前往其他主城的，不然就是組隊探險。雖然大部分的玩家都能接受這種麻煩的探索模式，不過還是有不少玩家反映要去其他主城太過困難，尤其是生產系玩家。

艾利西多少明白生產系玩家的難處，他們把AP都花在副修技能上，面對高等怪肯定感到相當棘手，這時便只能僱用像帽犯成性那種高手玩家當保鑣了。只要價碼開得夠高，大神多半不會不同意。

「咦？這麼說來，我也可以僱用大神啊？」艾利西忽然驚覺，這個可能性令他興奮起來。「雖然我現在沒有什麼錢，但等以後賺到夠多錢就可以僱用了，說不定還能直接包養大神呢！」

同一時刻，在地圖某個角落的帽犯成性忽然一陣惡寒。他望了眼遠方的藍天，不知爲何又想起那張他看了就有氣的臉。

見鬼了，他到底是招惹誰？爲何莫名其妙被一隻打不死的小白纏上？

從未有人像艾利西一樣，明知會被揍還硬貼上來，且每當看到那陽光般的笑容與滿溢欣喜的眸子，帽犯成性便無法冷靜。

在這個世界，人們對他的觀感相當直接地體現在表情上，大多是恐懼和敬謝不敏，雖然偶爾也會接收到愛慕與崇拜的目光，但那些人終究仍是怕他的，沒人有膽子接近他。

從未有人像艾利西一樣，無論他做了什麼都不怕，更完全不掩飾對他的好感。彷彿是眞心喜歡著他，因爲他的存在而感到高興，這份鮮明純粹的情感毫不保留地傳達出來，帽犯成性卻不明白到底是怎麼回事。

在這個世界，不該有人會喜歡他才對，這是不可能的。

他大概是壓力太大了，才會有這種錯覺。艾利西都說要打敗他了，而且也確實認眞思考著如何對付他，把那樣的態度解釋爲這個人喜歡自己，未免太自我感覺良好。

「只是個神經病罷了。」最後，帽犯成性得出結論。

「咦？這不是大神嗎？」一個熟悉的興奮嗓音從身後傳來，帽犯成性轉身仰頭一看，臉都綠了。

他二話不說，反射性準備閃進副本，然而才踏出一步，他便察覺有個地方不對勁，又回頭一看。

「……」

「哦哦哦哦眞的是大神！太巧了！一定是愛麗絲之神眷顧我！」

令帽犯成性心煩的那名青年正處在高空，興奮地朝他揮手，不過這不是重點，重點是艾利西騎著傳說中只有好野人和爆人品才能有的飛行坐騎。他是知道這傢伙人品好，但沒想到居然好到這種地步。

帽犯成性頓時有了想把艾利西從空中射落的衝動。

「原來你會刷海龜副本啊。」艾利西從白鴿上跳下來，喜孜孜地跑到帽犯成性面前。「好開心，這樣我們又能一起刷副本了呢！」

艾利西露出燦爛的笑容，發自內心地表現出喜悅。

又是這種表情。

帽犯成性別開眼，不耐煩地說：「我有說過要跟你組隊嗎？還有那鴿子是怎麼回事？不要跟我說是抽到的。」

艾利西偏了偏頭，看著神情煩躁的帽犯成性，他嘿嘿笑了兩聲，嘻皮笑臉地湊過去。「如果我說是我抽到的，大神會願意讓我包養嗎？」

帽犯成性的回答是將槍口抵上他的腦門。

「開玩笑的啦！」艾利西連忙舉手投降。「鴿子是我向姊姊借來的，只是借用而已！我跟大神同樣一貧如洗，沒什麼不同！」

「……」帽犯成性覺得這傢伙眞是一天不犯賤會死。

「比起討論這個，我們不如開開心心地組隊去海龜副本玩吧！」

「誰要跟你組隊！白痴才會跟你這雷隊友組，給我滾！」

「怎麼這樣……上次不是合作得很愉快嗎？也打了很多寶。這次一樣，有寶就歸大神，不，只要跟我組隊，不管打到什麼統統歸大神！啊不過彈藥要給我——」見艾利西急急忙忙補充，帽犯成性忽然有種自己在壓榨新手的感覺。

「夠了。」他手一伸，摀住那張說個不停的嘴。這個做法很有效，艾利西像是被按下了暫停鍵，整個人瞬間閉嘴不動。

帽犯成性陷入天人交戰。他是缺錢，但沒有缺到連尊嚴都不要。即使艾利西不介意，這種把好康都拿走，留下垃圾給隊友的行爲依舊有損他的自尊，他沒有無恥到一再這麼做。

「要打副本你自己打，這次我不奉陪。」

艾利西發出長長的哀鳴，帽犯成性逃避似的閃進副本裡。

「大神怎麼還是這麼冷淡……唉。」艾利西垂下肩膀，整個人有如洩了氣的皮球般，看著空蕩蕩的副本入口。

他還以爲經過上次的合作，他跟帽犯成性已經稍微取得了共識，結果到頭來還是一樣。不過人都跑了，他也只能靠自己了。

進入副本前，艾利西先觀察了下四周。方才看見大神太過開心，他還沒有好好欣賞景色。

海龜副本位於偏遠的小海島，整座島嶼洋溢著南洋氣息，腳下的沙灘是細緻的白沙，漂亮的貝殼點綴在其中。海風徐徐吹拂，海浪輕輕拍打岸邊，可惜島嶼很小，除了中央有座岩窟外，就沒其他東西了，否則艾利西認爲這裡應該會是不錯的遊玩景點。

「反正也只是先看看而已，眞有困難的話，下次再求大神幫我。」艾利西自言自語，把鴿子收回物品欄。他一腳踏進洞窟，接著世界瞬間變了。

襯著藍天白雲的美麗海島消失，湛藍的海水映入眼簾，當他回過神時，已經身處在陌生的建築裡。

艾利西站在牆面斑駁的走廊上，陽光透過海水灑下，帶來幾束微光。艾利西仰頭一看，上頭還有幾隻魚游經。

沒錯，他來到了海裡。

他很難形容此刻的感受，明明待在水中卻行動自如，完全沒有碰到水的感覺，就好像走在海生館的海底隧道，差別只是沒有玻璃阻隔，所以如果遇到鯊魚之類的猛獸只能自求多福。

艾利西覺得自己像是置身於一座海底遺跡，而這座遺跡還挺漂亮的。雖然整棟建築黯淡古舊，許多地方都顯得破敗，但鮮豔繽紛的魚群悠游其中，在投射而下的淺淺陽光裡形成躍動的光影，反而營造出奇異的美感。

艾利西一邊讚嘆一邊前行，一時忘了自己不是在海生館，而是海龜副本，直到一群魚忽然游過來，並且朝他張大嘴巴。

「咦？」當艾利西終於想起自己的處境時，那些魚的嘴裡已經冒出發光泡泡，接著泡泡猶如彈珠般高速射出。

「哎哎？不會吧！」艾利西的臉色瞬間慘白。他二話不說轉身就溜，不過面對如此密集的攻擊，即使他的走位技巧不差也不可能逃過，下一秒便血量歸零，仆街了。

艾利西躺在地上看著魚群，這才發現一件很不妙的事。

過去他所挑戰的副本，都只要一路狂衝就可以避免與小怪的戰鬥，除非是BOSS所在處的小怪，畢竟和小怪戰鬥不是副本的通關必要條件。因此，艾利西才抱著探勘的想法而來，他以爲如果有怪物衝過來，只要閃避或逃走就好了。

——然而，這個對策並不適用於擅長遠距離攻擊的怪。

「也太痛了吧，只要被打到三次就會掛了……」

艾利西深感無奈，這已經是他第五次闖海龜副本了。

被打趴一次後，他試過許多避開小怪的方法，但全都沒用，無論是變小還是丟電鰻都一樣。因爲等級太低的關係，他的電鰻雖然成功施展電擊，卻對魚群一點影響也沒有。

幾十條魚同時射出泡泡，行動再怎麼敏捷也不可能統統躲過，偏偏一定得先越過充滿魚群的走廊，才能前往其他地方，這讓艾利西束手無策。

連海龜都見不到的話，根本沒辦法解任務。無奈之下，艾利西只好找人組隊。

可是會來此處的基本上都是五十等以上的玩家，那些玩家對艾利西完全不屑一顧。

「三十六等？你開玩笑的吧？」

「新手去主城副本玩沙就好，這種高等副本你碰不得。」

一群兔子玩家頂著毛茸茸的兔耳走進副本，不忘對他投以鄙夷的眼神。

「我看你根本是來這裡找高等玩家帶你的吧？是不是打完副本還要給你裝備藥水以及修裝的錢？」

「如果是可愛的女孩子還能接受，但男的就算了吧。」

「又有屁孩來騙錢騙裝備了，滾開，新手給我待在主城，外面的世界你不該亂闖。」

在屢屢被拒絕的期間，艾利西幾度看見帽犯成性從副本出來，不過每次一對上目光，帽犯成性便會轉身再度閃進副本。

大神不願跟他組隊，也沒有高等玩家要他，因此艾利西哀傷地嘆了口氣，乖乖叫出白鴿。

「沒辦法了，今天先回去吧……」

「等等。」

一看見大白鴿，方才拒絕了艾利西，正要進入副本的那支隊伍立刻叫住他。他們個個瞪大眼睛，不敢置信地看著艾利西的飛行坐騎。

「你這新手爲何會有飛行坐騎？」

「商城抽到的？花了多少錢？」

「你的人品還不錯嘛，還是跟人家買的？」

「哎？」艾利西還沒反應過來，那些原本不給他好臉色看的玩家都已經紛紛湊近，用一種重新審視的目光打量他與他的坐騎。

「原來是課金玩家，抱歉抱歉，剛才沒發現。」帶頭的柴郡貓隊長露出一個充滿歉意的微笑。「原來你身上有許多課金道具，所以才敢挑戰這麼高等的副本啊，怎麼不早說呢？」

「呃，我——」

「這鴿子很難抽耶！你花了多少錢？遊戲玩多久了？」

「我聽說課金玩家升等都很快，你玩幾天了呀？」

其他玩家也開口搭訕，突如其來的轉變讓艾利西有些措手不及。正當他想說些什麼時，一支槍管冷不防越過他，指向了柴郡貓隊長。

「這傢伙是我的隊友，給我滾。」冰冷的聲音從艾利西後方傳來。

聽見熟悉的話音與霸氣的宣言，艾利西就像是看見主人回家的黃金獵犬，高興地喊了一聲大神，轉身準備撲抱上去。而帽犯成性早就預料到了，他立刻按住艾利西的額頭，阻止了進攻。

「嗚嗚……」

無視艾利西的哀鳴，帽犯成性冷冷盯著那群玩家，幾個人被他這麼一瞪，馬上嚇得後退幾步，臉色都白了。

「黑、黑桃二先生？他怎麼會……」

「哎，算了吧，這人可是傳說中的競技場鬼神。」見自家隊長不甘地瞪著帽犯成性，其他人連忙勸阻。

就算給他們十個膽子，他們也不敢跟黑桃二作對。在一般玩家眼中，帽犯成性就是如此令人畏懼的存在。尤其這裡又是可以互毆的城外，雖然他們人多，也絕不想和大神開戰。

但是柴郡貓隊長似乎不這麼想。

大神說要，他們就得讓？這什麼道理，尤其艾利西明明徘徊了那麼久，黑桃二也有看到，怎麼這會兒才突然要人了？

「幹什麼啊？剛、剛剛這個新手找隊友找了這麼久，也沒見你組他，現在看人家拿鴿子出來就打算組了？見錢眼開啊！」

面對惡人先告狀的情況，帽犯成性只是漠然看了柴郡貓一眼，便捉住艾利西的手將他拖往副本入口。

見帽犯成性無視指控，柴郡貓怒了。他拋開對大神的恐懼，越講越大聲：「等等！我們好歹也有問這傢伙的意願，你連問都不問就把人帶走，大神都這麼蠻橫霸道嗎？想要什麼直接搶？」

「大、大神？」艾利西錯愕地低喊。帽犯成性一言不發的樣子，令他有種大神似乎眞的生氣了的感覺。

帽犯成性對他發送了隊伍邀請，艾利西乖乖地按下確定。即使背後那些玩家不停叫罵，他依然就這麼被拖進副本裡。

在場景轉換成海底遺跡後，帽犯成性終於放開他。

「……你對誰都這樣嗎？」

「什麼？」艾利西呆呆看著大神的背影，腦袋一時轉不過來。

「只要能帶你刷副本，不管打到什麼寶都隨他們拿，留垃圾給你就好？再白痴也要有個限度，你究竟多想被當肥羊宰！」帽犯成性轉過身，神情充滿怒氣。「你要的東西花點小錢就能買到，可你這個白痴卻想把那些高價的寶物隨便送人！你知道你上次在審判副本給我的金武足以讓你買好幾倍的材料嗎？都練到這個等級了，不會還不知道市場的價格吧？」

「我知道喔。」艾利西淡淡回答。他常去市集逛，自然相當清楚。

「那爲何還要給我？爲何這次又開了相同的條件？你爲了打這副本，也對那些人說了同樣的話對吧？爲了刷副本刷你需要的彈藥，就算被利用也沒關係？你這蠢貨是有這麼想被人家剝一層皮嗎！」

見艾利西還揚起笑容，帽犯成性越看越氣。即使不是課金玩家，也該知道自己的價值，憑著自己人品好，被誰利用都無所謂嗎？要是艾利西敢說沒關係，等等一出副本他肯定立刻開槍打死這小白。

「我才沒那麼笨呢。」艾利西開口，語氣盈滿了喜悅。他看著帽犯成性，眼神彷彿在訴說大神是全世界最好的人。「我只會對你提出這種條件，你是特別的。」

「……」

帽犯成性真的無法忍受了。

滿溢著好感的眼神、宛若告白的真誠話語，每一次都讓他心亂如麻。

不管是在現實中還是網遊裡，從未有人令他如此……如此的……難以冷靜。

他不知該如何形容這種感覺，他一直以來的認知被艾利西摧毀了，所以他焦躁地想要否定這個人。艾利西的一言一行都在摧毀他原有的認知——

以為沒有人會喜歡自己的認知。

「你到底有什麼目的？」

「我不是說過了嗎？我想要打敗你。」

「要是我賺到越多錢，就代表我們的實力差距會跟著擴大，這點你明白的吧？」

製作好裝備需要錢、買一把好武器也需要錢，一旦讓他彌補了裝備不夠好的缺陷，想打敗他就更是難上加難了，帽犯成性相信艾利西不會不清楚。

「沒關係。」艾利西的聲音十分平靜。「一直追著你的身影，也沒什麼不好。」

「……」

儘管心中仍有疑惑，也無法理解艾利西的思路，但這份坦率令帽犯成性無法將之當成謊言。

「我也不是傻傻被你利用。」見帽犯成性的怒火逐漸消散，艾利西湊了上去。「所謂知己知彼，百戰百勝嘛，每一次跟你組隊我都有在觀察你，很——仔——細——地觀察喔。」

「再說這麼噁心的話，我就斃了你。」

再度被帽犯成性的槍口指著，艾利西依舊得意地笑了笑。大神這次懶得生氣了，他垂下槍，沒好氣地問：「所以你到底打算怎樣？就這麼想打這個副本？」

「當然！我接到了有關彈藥的隱藏任務，怎麼能不打？」

「隱藏任務？」帽犯成性皺起眉頭，艾利西隨即叫出任務視窗。

「就是這個。」他指著龍蝦方塊舞的任務說明資訊，上面只寫著去拜訪海龜先生。「度度鳥老闆告訴我，海龜先生好像有彈藥，問題是這個副本太難了，我過不了。大神，幫一下嘛。」

「……」

「如果你覺得照之前的條件會讓我吃虧，那麼就改一下吧，我拿到的東西一樣全給你，但在解完這個任務前，大神都必須陪我刷副本。」

「……」

「沒有大神，我也解不了任務，你是必要的。」

那張俊秀的臉龐帶著足以讓任何少女心動的微笑，語氣充滿了真誠。

帽犯成性面無表情看著艾利西。

這傢伙在現實中肯定是個妖孽，那張小白臉跟甜死人不償命的嘴不知欺騙了多少女孩的心。

「隨便你。」

艾利西歡呼一聲，興高采烈地跟著帽犯成性往前走。

「離我遠一點，等等被打到我可不管。」帽犯成性冷淡地說，於是艾利西乖乖拉開一段距離。但他相信如果他真的被攻擊，大神肯定不會真的見死不救的。

兩人很快來到吐泡泡的魚群那裡，帽犯成性遠遠就發動了機槍技能瘋狂掃射，在他攻擊的同時，魚群也射來大量泡泡。

泡泡的速度雖然比不上子彈，不過仍與以彈弓發射的彈丸有得一拚，面對滿天的發光泡泡，帽犯成性毫不退讓地反擊回去，頓時槍聲不絕於耳，一條條魚炸出血花，猶如在空中盛開的血色煙火。

艾利西站在後方，崇拜地看著帽犯成性。這個場面簡直像兩名軍火商對轟，但帽犯成性的氣勢比那群魚凶猛多了，不久魚群便紛紛翻了肚。

「看什麼？走了。」

「好！」艾利西欣喜地跟上。有了大神帶領，他終於得以窺見整個海龜副本的設計，令他驚訝的是，這裡時不時會出現幾條岔路，而且走起來比想像中還大。

「海龜副本該不會也是迷宮吧？」艾利西睜大了眼睛，朝被大神略過的一條黑暗長廊看去。

「沒那麼複雜。」帽犯成性解決一隻拿槍與他對幹的龍蝦，回頭一看，發現艾利西好奇地盯著黑暗長廊，而且還邊看邊往長廊的方向走。他不耐煩地大步上前，把人拉了回來。

「別給我亂跑！」他氣急敗壞地說。「這裡跟迷宮不同，地圖裡會有這麼多條路是有原因的，海龜副本不只海龜一隻王，還有好幾隻王各據一方，隨便亂走會撞上那些王，到時我可救不了你。」

「哦、哦……」聽完解釋，艾利西更好奇了。

即使被粗魯地拖著走，艾利西依舊不忘欣賞周遭景色，越是深入海底遺跡，越能感受到場景的宏偉，且路線也頗爲複雜。艾利西能理解爲何大家都要組隊闖這個副本了，除了副本等級高以外，這裡也很適合來冒險。

「只有打敗海龜是副本通關條件，其他王可打可不打。先說好，我只幫你打海龜，不會打其他的。」

「沒問題，我只想找海龜先生！」有如得到一大袋糖果的孩子，艾利西高興地笑著，整個人彷彿開起小花，帽犯成性頓時又煩躁起來。

在帽犯成性的帶領下，兩人在海底遺跡轉來轉去，艾利西發覺一路上的怪都以遠攻居多。好險有大神可以先幫他把怪打倒，不然那些攻擊若打到他身上，不出幾秒他就要躺地板。

「一般人都是接近六十等才敢組隊進來，只有你這笨蛋會三十六等就跑來。」帽犯成性一發子彈打爆海豹的頭，忍不住碎念起艾利西。

「爲什麼大家都知道我三十六等？我的頭頂只有ID不是嗎？」

聞言，帽犯成性回頭瞪他。

「你居然還沒點辨識技能？之前丟彈藥都丟爽的？」

帽犯成性的語氣就好像艾利西犯了非常基本的錯誤一樣，因此艾利西連忙打開技能欄，果然在基本技能樹上看見「辨識」這個技能。

基本技能樹上的技能都是些共通技能，也有單純只是提升角色素質的選項，像是增加血量、魔力、敏捷、防禦等，每個職業的基本技能樹都一樣。

艾利西二話不說花了AP，將辨識技能升到一級。

系統提示：玩家 艾利西 的辨識技能提升至Lv.1，發動此技能即可查看目標對象的等級。

艾利西立刻對身旁唯一的玩家發動技能，霎時整個世界除了帽犯成性，全都變得模糊起來，他看見大神頭頂的ID旁浮現發光的數字。

六十五等。

艾利西記得目前遊戲的最高等級就是六十五等，也聽說過等級一旦來到六十，每次升級所需的經驗值會大幅增加，換言之，對六十等以上的玩家來說，升等十分困難。但這點問題顯然難不倒副本狂帽犯成性，瞧他滿等了還要繼續刷副本就知道有多變態了。

「玩遠距離攻擊不點辨識技能根本找死，你以為光是點這樣就夠了？給我再升兩等。」似乎是看不下去，帽犯成性焦躁地把艾利西推到旁邊，一隻手伸向艾利西的技能樹介面，逕自幫他花掉AP再提升了辨識等級。

系統提示：玩家 艾利西 的辨識技能提升至Lv.2，發動此技能即可查看目標對象的整體防禦值。

系統提示：玩家 艾利西 的辨識技能提升至Lv.3，發動此技能即可查看目標對象的部位防禦值。

「部位防禦值？」

「就是各部位的防禦力。」帽犯成性快被他的無知弄得抓狂。「這不是你們小愛麗絲的專長嗎？每隻怪物都有特別脆弱的地方，也就是弱點部位，打中的話傷害會特別高，懂？」

「嗯、嗯……」艾利西一邊點頭，一邊又對帽犯成性發動了技能。幾個發光的數字分別在帽犯成性身體的不同部位浮現，他本想好好研究，不過幾秒後技能效果結束，視野瞬間清晰，數字也隨之消散。

「大神的辨識技能等級肯定很高吧？」艾利西瞄了眼自己的技能樹，發現辨識技能的分支頗長。

「封頂。」帽犯成性沒好氣地回。

「咦？封、封頂？」艾利西很難想像封頂到底是什麼情況，光是等級三就已經可以把人家的等級和防禦力看光光了，封頂又將是何等境界？

「大神，你該不會能看到別人的裸體吧？」

「……」

在狠狠巴了一下艾利西後，帽犯成性決定與這個天雷隊友保持距離。

他還以爲自己終於能靜下心面對這傢伙了，結果還是和以前一樣。艾利西雖然嘴甜，卻也嘴賤，他真的不該對一個小白抱持什麼期待。

「嗚嗚……我只是好奇嘛。大神——」

「我不想跟你說話。」

「幹麼這樣，你不是接受我了嗎？」

「誰接受你！」

帽犯成性走到一扇緊閉的高聳大門前，回頭狠瞪艾利西。「解完你的隱藏任務就給我滾，我只幫到這裡。」

語畢，他伸手一推，高達兩層樓的門緩緩向內開啟。

寬廣的廳堂出現在眼前，幾道光線穿過水面，照亮了空間。在這座露天廳堂中，有一個巨大的龜殼。

「你等等繞到烏龜背後，不准給我跑到前面來。」

「咦？」

不等艾利西回答，帽犯成性一腳踏入副本，整個廳堂頓時天搖地動。

烏龜的頭尾與四肢緩緩自巨大的龜殼裡伸出，接著「轟」一聲，烏龜四腳著地，慢慢站了起來。他看著帽犯成性，眼神的凶惡程度完全不輸給這位競技場鬼神。

海龜先生看起來一副道上兄弟的樣子，不僅面目猙獰，眼皮上還有道傷疤。他盯著帽犯成性，場面的氣氛充滿山雨欲來的緊張感。「是你……打擾了我的睡眠？」說完，海龜先生從地上拿起不知何時出現的武器，當艾利西看到那武器時，瞬間嚇傻了。「吵醒我的傢伙……一個也不能留！」

「大……大神……」

「愣著做什麼！快繞到海龜背後！」

艾利西立刻狂奔至海龜背後，原因無他，海龜先生的武器實在太嚇人了。海龜先生跟帽犯成性一樣是用槍的軍火商，但有一點不同——武器不同。帽匠的武器是手槍、步槍或狙擊槍，而海龜先生的武器是格林機槍。

格林機槍是體積十分巨大的槍枝，外型有點像火箭筒，由好幾根槍管組成槍身。這種重型槍枝不可能輕鬆地拿在手上，必須以雙手提在身側，雖然提著它會令行動不便，不過絕沒有人會敢小看。因爲格林機槍的炮火天殺的猛烈，站在機槍前絕對會被轟成蜂窩。

「不要跑！」海龜先生的咆哮撼動了整個廳堂，「噠噠噠」的槍聲隨即響起，頻率明顯比帽犯成性的槍聲更加密集猛烈，不絕於耳。艾利西探頭一看，只見被機槍射中的地方掀起大量塵煙，原本已經毀壞得差不多的遺跡以驚人的速度崩塌。

「這傢伙是要毀了自己的家嗎？」艾利西驚叫著閃躲飛噴過來的石塊。

「這傢伙有他的殼就夠了，要什麼家！」帽犯成性大吼，跟海龜先生玩起兜圈子。他仗著自己的速度比較快，以順時針的方向邊跑邊轟擊海龜先生的頭，而海龜則挪動著笨重的身軀，不斷地原地轉圈攻擊帽犯成性。

「大神你肯定沒養過烏龜——哇啊！」因爲跑得太匆忙，導致艾利西沒注意到地上有個石塊，絆了一下直接摔倒在地。糟糕的是，海龜先生的攻擊正好落在他這邊，格林機槍猛烈的炮火襲來。

「艾利西！」

情急之下，帽犯成性喊了名字。他想過去確認這隻小白的生死，但只要他停下腳步或轉向，便會被機槍打中，皮薄的他同樣禁不起海龜先生的攻擊。

煙霧瀰漫中，傳出一個微弱的聲音。

「我、我沒事……嚇死我了。」艾利西從一顆石塊後探出頭，驚魂未定地看著已經遠去的炮火。在千鈞一髮之際，他發動了變小技能，幸運地閃過了攻擊。

不過挑這種時候變小也是夠嗆，大量落下的石塊與揚起的塵煙，讓他有種世界末日來了的感覺。好在他幸運躲過了這波攻擊，但下一次再撞上，他眞沒把握不會被打到。

海龜就像被磁鐵吸引的指南針，死命追著帽犯成性，而艾利西變回原本大小，趁機發動了辨識技能，瞬間只有海龜清晰無比地呈現在視野中。

海龜先生六十等，背部的防禦高得嚇人，而防禦力最低的是裸露出來的肢體，尤其是頭部，這也是帽犯成性會瞄準頭猛打的原因。

艾利西明白大神要解決這隻王只是時間的問題，問題是他的隱藏任務。隱藏任務完全沒有被觸發的跡象，於是艾利西再度把任務欄叫出來，盯著任務資訊思索了一會兒後，最後決定賭一把。

「海龜先生！」他朝背對他的海龜大喊。「你有沒有多餘的彈藥啊？像是龍蝦什麼的！」

帽犯成性白了艾利西一眼。海龜先生繼續一個勁兒地猛攻眼前的帽匠，對這番話毫無反應。

「不要不理我嘛。」艾利西哀聲說。「你肯定有的對吧？明明度度鳥老闆——」

「度度鳥？」海龜先生怒喝一聲，瞬間停止了動作。

場面瞬間鴉雀無聲，連帽犯成性都忘了攻擊。他難以置信地看著艾利西，想不到這傢伙的仇恨高到連海龜先生都沒法無視。

海龜先生挪動笨重的身軀，緩緩轉向艾利西，咬牙切齒地開口。

「你說度度鳥？我認識的那個度度鳥？」他的眼神凶惡到彷彿恨不得把艾利西生吞活剝。

「呃，應該就是那位吧。」艾利西吞了口口水，繼續不要命地說：「他跟我說你有龍蝦，我——」

「還敢提龍蝦！」海龜先生的怒吼震耳欲聾，整個遺跡似乎都在晃動。

「當年我跟那傢伙合夥當龍蝦販子，賺了一大筆錢，結果某天那傢伙居然……居然……」

見海龜先生氣到說不下去，艾利西忍不住接話：「捲款潛逃？」

「居然不告而別！明明合作得那麼愉快，卻突然就消失了……一句話也沒留下，他的房間也一夜淨空……爲什麼！」

海龜先生怒吼，霎時再度天搖地動，艾利西趕緊扶著一旁的梁柱穩住身子。他想說些什麼，但海龜先生咆哮：「我都已經要忘掉那隻死鳥了，爲什麼又跟我提起他的名字！」

「呃，我——」

「你要龍蝦？好啊，我就讓你看看當年我被稱爲『龍蝦炮擊手』的實力。」海龜先生瞇起眼，從地上撿起不知何時冒出的龍蝦，一把裝進機槍裡。

「哎？」艾利西錯愕地低喊，只見機槍像燒燙的烙鐵一般，逐漸發紅，所有槍口也一一燃起紅色光芒。他呆立在原地，眼睜睜看著海龜先生將槍口對準他——

「還愣著幹什麼？快跑！」帽犯成性的聲音猛然在耳邊響起，下一秒，他的手被用力抓住，整個人被拖往一旁。

幾聲巨響從兩人身後傳來，一陣強風襲過，吹得艾利西一個踉蹌，差點跌倒，好在帽犯成性牢牢抓著他。艾利西跟著帽犯成性狂奔起來，忍不住偏頭看了海龜先生一眼。

海龜先生的格林機槍散發著灼熱的紅光，從槍管射出來的不再是普通子彈，而是龍蝦。龍蝦子彈在空中劃出一道道紅色光痕，更要命的是，當龍蝦碰到其他物體時，會產生爆炸。

那些龍蝦就是活生生的炸藥，海龜先生徹底化身爲爆破軍火商。他提著格林機槍瘋狂追著他們轟擊，爆炸聲接連不斷，整個遺跡都快被炸成廢墟了。

艾利西發動辨識技能，驚愕地發現海龜先生的ID不但變成「龍蝦炮擊手」，連整體防禦也大幅上升。

「大、大神，他變強了……」

「我看得出來，移動速度也上升了。」帽犯成性的語氣充滿了不耐，這就是他總是對新手沒耐性的原因之一，他們老是說些廢話。「你那個隱藏任務是什麼鬼東西？隨便講講這傢伙就狂暴化了。」

「這不叫狂暴，這叫愛的力量啊，大神。」

「你爲什麼不去死一死！」帽犯成性連想把艾利西推去撞機槍的心都有了，都什麼時候了，還在耍白痴！

更糟糕的是，帽犯成性覺得自己快被追上了。海龜先生的攻擊雖然強大，移動卻是出了名的慢，因此一直以來他都是憑藉速度單挑海龜先生。如今海龜先生的速度獲得飛躍性成長，而帽匠本就不是以防禦著稱的職業，要是被海龜先生打中，眞的會躺地板的。

「該死。」帽犯成性用了幾個傷害特高的技能打向海龜先生，在確認海龜的仇恨在自己身上後，他便把艾利西推到一旁，自己朝海龜先生衝去。

「大神？」艾利西驚愕地待在原地，看著帽犯成性打算欺近海龜。然而即便是機槍手，海龜也並非沒有近距離攻擊技能，當帽犯成性越來越接近的時候，海龜先生咆哮一聲，居然抓緊了機槍，把自己的武器當成球棒揮向帽犯成性。

「大神！」

聽見艾利西驚慌失措的大叫，帽犯成性看向迎面而來的機槍。不要緊的，他見識過這招很多次，早就能輕鬆躲過——嗯？

當他察覺機槍襲來的速度比自己預料中快上很多時，已經來不及了。

帽犯成性被巨大的機槍狠狠一撞，下一秒畫面一暗，他的身體不受控制地倒在地上。

「……」

直到出了副本，帽犯成性都還沒回過神。

剛剛那個畫面是……掛點的意思？太久沒看到，他都快忘記死亡是什麼情況了。在競技場戰無不勝，副本也早就刷了無數次的帽犯成性難以想像，自己竟會在早就打到爛的副本裡陣亡。

太誇張了，那個小白到底是什麼來頭？隨便喊幾句就讓海龜強到可以打趴他。

「大神！」一聲哭喊從旁邊傳來，接著某個小白不由分說地撲抱上來。

「抱歉，我沒想到海龜先生會強到打趴你！居然一擊秒殺大神，愛的力量太可怕了！」

「……」

艾利西在海龜副本入口大聲嚷嚷，令附近的玩家全注意到了，頓時議論紛紛。見狀，帽犯成性臉都黑了，他摀住艾利西的嘴，頭痛地擰了擰眉。

海龜的異變出乎他的預料。

他以爲海龜先生只有移動速度變快，結果連攻速也變快了，原本的速度慢得跟烏龜……慢得跟毛毛蟲沒兩樣，結果狂暴化後，卻快得令他招架不及。如今速度的優勢沒了，海龜先生對他而言就像全新的BOSS，而想攻下全新的BOSS是需要時間的。

當帽犯成性思考著該怎麼應付時，面前忽然浮現一個系統視窗，上面顯示他下線的時間到了。

「我該起床了，明天再幫你打。」

「咦？明天？」

見艾利西神情茫然，帽犯成性瞪了他一眼。

「怎麼？難道你打算就這樣放棄？還是明天不會上線？有事都給我排開，不准拒絕。」

「不是啦！」艾利西慌忙地搖搖頭，他看了看帽犯成性，有些猶豫地開口：「所以大神……要繼續挑戰狂暴化的海龜先生？即使被輕鬆殺爆？」

「你是瞧不起我嗎？」帽犯成性臉色一沉，正當他考慮著要不要把艾利西推進海裡時，艾利西又開口。

「因爲這、這代表那個BOSS很難對付啊，要是換成其他人，肯定會說這副本我幫不了你。」

「我不是說你解完這個任務就給我滾嗎？還沒解完你就想滾？」帽犯成性惱怒地回應，他拍了一下艾利西的頭，眼神好像在看一個不成材的孩子。「到底有沒有把我的話聽進去？你以爲每個人都跟你一樣愛開玩笑？」

「……」

理解帽犯成性的意思後，艾利西緩緩綻開笑顏，點了點頭。

「我知道了，明天會準時上線打海龜的。」

得到承諾，帽犯哼了一聲，跟往常一樣臭著一張人人欠他八百萬的臉下線了。

♥

隔天醒來，江牧曦上網刷了下遊戲討論區，結果意外看到一篇帖子。

〔感慨〕現實與虛擬都輸給富二代

昨天跟朋友去打海龜副本，有個土豪新手騎著白鴿，一直在那邊求人帶他刷副本，還說費用不是問題，只要能帶他刷副本就好。本來以爲玩這個遊戲能享受人人平等的環境，結果還是輸給了富二代，人家有的是錢，只要錢一灑就一堆人帶他刷，反觀我們這種平民老百姓只能慢慢爬等賺錢……

帖子下方自然湧入了許多留言。

「你傻啊，遊戲公司也要賺錢，只要把這些富二代玩家伺候得開心就有錢賺了，誰管你們這些玩免錢的？」

「樓主要不要走生產系路線試試？聽說生產系挺賺的。」

「人家生來就是人生勝利組，我們這些魯蛇只能哭哭。」

「你以爲人人進了網遊都能開外掛？別傻了，魯蛇牽到網遊還是魯蛇，選我正解。」

「那個新手是女孩子嗎？有徵公嗎？報一下ID，咱要去應徵。」

「回樓上，那個新手是男的，而且長得一副小白臉樣。」

大略看了下後，江牧曦聳聳肩，一邊啃著昨天剩下來的麵包當早餐，一邊點入下一篇帖子。

RE:〔感慨〕現實與虛擬都輸給富二代

原帖內文恕刪，我昨天也有看到，那新手後來被黑桃二先生強行帶走了！

聽說黑桃二先生人品很差，所以滿窮的樣子。這會不會是他帶走小新手的理由呀？希望小新手不要被大神給榨乾了。

江牧曦可以看出這傢伙的意圖，可惜內容最後一句話的用詞有些失誤，讓樓下一開始的回應重點歪掉了。

「被黑桃二先生榨乾，我可以。」

「強行帶去榨乾，聽起來萌萌的。」

「別開玩笑了，黑桃二先生哪會榨乾別人，他只會炸死別人好嗎？」

「說起來，昨天聽公會的人說，黑桃二先生被海龜先生打爆，也不知是眞的假的。」

「我記得黑桃二先生很討厭新手，結果爲了錢，連尊嚴都可以拋棄？」

「幫高調，原來黑桃二在競技場裡跟私底下根本是兩個樣子。」

「樓上不要亂帶風向，誰知道樓主講的是不是眞的？說不定只是因爲嫉妒黑桃二才胡亂捏造呢，呵呵。」

「我不站在誰那邊，只說實情。昨天我要進海龜副本時，確實有看到黑桃二跟一個小新手在一起。」

「人家大神帶新手是見錢眼開，你在旁邊不插手就是清心寡慾好棒棒？想帶就說，不要拐彎抹角。」

江牧曦瀏覽著逐漸戰起來的留言，連早餐都忘了吃。

他很清楚這兩篇帖子是誰發的，但他沒想過事情會演變至此。昨天那件事過去就過去了，他跟帽犯成性都沒有放在心上，想不到那隊人馬居然心有不甘上網造謠。

「不是這樣的……」他急切地開啟一篇新帖子，卻不知該寫些什麼。

會有人相信他嗎？

網路上的言論向來混雜著眞實與虛假，就算解釋了，又有多少人會相信？

纏了帽犯成性這麼久，艾利西十分清楚對方的爲人。

眞正了解黑桃二先生的人很少，他是個獨行俠，態度又冰冷刺人，再加上那張跟誰都有仇的臉，所以沒人敢親近他。

也因此，只有艾利西知道帽犯成性其實是個好人。

這位大神強悍而有原則，絕不是會爲了利益連尊嚴都不要的人。帽犯成性只做自己想做的事，不願意做的事，誰也不能逼迫他，艾利西是這麼認爲的。

看著那些抹黑的言論，艾利西有種崇拜的偶像被玷汙的感覺。他很不喜歡，非常不喜歡。

「事情不能這樣下去。」

他反覆看了看內容，暗自下定決心。

Chapter 9 夢遊中與人起衝突

夜晚來臨，這次艾利西一登入遊戲便開啟聊天視窗，密了昨天那個柴郡貓隊長。雖然帖子也許不是那人發的，但想必跟那人脫不了關係。

【密語】艾利西：我看到討論區的帖子了，出來面對！

發出訊息後，隔了幾分鐘他才收到回應。

【密語】三更貓叫：什麼帖子？

【密語】艾利西：少裝傻，就是抹黑大神的帖子！你們的人說大神是因爲見錢眼開才帶我，明明不是這麼回事！大神的爲人我很清楚，而且是我一直纏著他，要他跟我組隊的。

【密語】三更貓叫：你和我說這些有什麼用？不爽的話你也開篇帖子澄清啊，這不就行了？

艾利西彷彿能看見對方那副好整以暇的樣子，於是更氣了。

【密語】艾利西：不用！這裡是網遊，所以要用網遊的方式解決。

【密語】三更貓叫：哦？那你打算怎麼做？用錢賄賂我？

【密語】艾利西：跟我PK。

不知三更貓叫是不是傻眼了，隔了老半天才回應。

【密語】三更貓叫：小新手，你應該知道會去打海龜副本的玩家等級都不低吧？跟你PK？

【密語】艾利西：就是PK，你們派一個人和我PK，輸了隔天就得發文道歉。

【密語】三更貓叫：我的隊友都是五十五等以上的玩家喔，如果你能打贏我們，昨天願意跟你組隊的玩家早就多到要排隊了吧？

【密語】艾利西：不管，是男人就和我PK，還是說，你們不敢和我打？

此話一出，聊天視窗彼端的三更貓叫果然上鉤，不到幾秒便回傳訊息。

【密語】三更貓叫：那就來比，如果你不介意我們等級很高的話。

【密語】艾利西：好，十分鐘後在一般競技場見！

雖然約戰成功，但艾利西並沒有傻傻被虐的打算。他是個小白沒錯，不過可不是小綿羊，他不相信三更貓叫那夥人的人品。以防萬一，他決定帶個見證人去應戰。

「小菜鳥，你認眞的？」聽了艾利西的來意，夜夜笙歌一時不敢置信。

爲了黑桃二先生，艾利西居然想單挑高等玩家，這讓夜夜笙歌備感疑惑。那個令人聞風喪膽，對誰都毫不留情的傢伙，眞有像艾利西說的那麼好？好到艾利西願意爲了他單挑高等玩家？

「大神人很好，而且很會照顧人，只是大家不知道而已。」

夜夜笙歌傻眼了，他對黑桃二的印象仍停留在自己新手時期被罵得狗血淋頭那時候。當時黑桃二把他批評得一無是處，讓他一度以爲自己不適合玩毛蟲，畢竟毛蟲是輔助型職業，跟法師、戰士或補師比起來，專職施加負面狀態的輔助角地位薄弱許多，在副本中並非必要，一個沒玩好就會變成打醬油的。

雖然懷疑過自己的選擇，不過爲了爭一口氣，夜夜笙歌最終還是決心成爲毛蟲大師，也因此才有今天的他。

但艾利西卻說帽犯成性其實人很好？

那個每次組隊都嫌棄隊友的大神很會照顧人？開玩笑的吧？

見夜夜笙歌顯然無法相信，艾利西賊賊地笑了笑。

「他確實人品很差。」他說了一句被帽犯成性聽到絕對會被推下海的話，接著又補充：「可是他人品也很好。如果夜夜願意多與大神組隊的話，一定能看出來。」

說到這裡，他猶豫了一下，緩緩道出看法：「我之所以想這麼做，是因爲我覺得……大家可以說大神恐怖、兇殘，或者人品差，可是說他不顧尊嚴、利慾薰心的話，我就無法接受。大神是個有原則、有骨氣的人，絕不會爲了利益拋棄尊嚴，也正是這樣的他，才讓我想要超越、想要確確實實擊敗。」

夜夜笙歌倒是不知道艾利西是這麼想的。他始終不明白艾利西追逐黑桃二的原因，如今總算知曉了幾分。簡單來說，艾利西最崇拜的便是黑桃二有風骨的那一面，然而那些玩家卻針對這點抹黑，所以他沒法坐視不管。

對方不僅貶低帽犯成性的品格，還四處散播謠言，也難怪艾利西會生氣。再加上這件事還是因艾利西而起，憑這小白天不怕地不怕的個性，肯定會想設法處理。

艾利西選擇了最適合網遊的方法，有什麼恩怨就用**PK**解決，儘管等級和對方差距極大。夜夜笙歌知道，艾利西並不是想逞英雄，應該是認爲自己有可能獲勝，才會決定下戰帖。

眞的打不贏，摸摸鼻子認輸就算了。但沒有嘗試過，又怎麼知道自己贏不了呢？

想到艾利西肯定是這種思考邏輯，夜夜笙歌忍不住笑了出來。

黑桃二究竟是個怎樣的人，先留待之後再說。現在他必須成爲艾利西的助力，想辦法幫這隻小菜鳥提高勝率。

「走吧，去競技場，我看看是哪個不知好歹的傢伙想跟你打。」

♥

「說起來，這件事你有跟黑桃二說嗎？」

「沒有。」艾利西誠實地回答，還無辜地眨了眨眼。「因爲講了大神會阻止我，他一定會說別做這麼無聊的事，可是我已經下定決心了。」

稍早他傳了密語給帽犯成性，表示今天不能打海龜副本了。雖然已經跟帽犯成性約定好，不過艾利西認爲今天不是刷副本的好日子，論壇裡出現那種帖子，絕對會有人在海龜副本等著看好戲，所以無論如何都還是避避風頭比較好。

在艾利西告知競技場房號以後，沒多久三更貓叫一行人便抵達。他們的人數不多也不少，正是昨天挑戰海龜副本的成員。

「你居然找毛蟲？」三更貓叫故作訝異。「我以為你會找黑桃二先生來呢。」

他的隊友們都在一旁訕笑著打量艾利西。

「是我自己想做這件事，夜夜也只是來當見證人而已。」艾利西哼了聲。

「你確定嗎？那個毛蟲有六十等，你真的不讓他下來打？」

聞言，夜夜笙歌也對他們發動了辨識技能，果真如艾利西所說，那些人都是五十五等以上，而柴郡貓隊長的等級高達六十二，這讓夜夜笙歌覺得情況並不樂觀。

他在艾利西耳邊低語：「你確定要跟他們打？」

「沒錯。」艾利西指向對面的柴郡貓一行人。「你們派一個人上來跟我打，贏了就必須為亂造謠道歉！你們要發文表示自己錯了，並承認大神是個剛正不阿又帥又強充滿霸氣的人！」

「……除了最後那句話之外都可以。我們人很好的，只是對黑桃二有點不滿才那樣說，反正他本來名聲就不怎樣，多講幾句沒差吧？」三更貓叫笑笑地說，還轉頭尋求隊友們的認同。

「就算是大神，技術好人品差，一樣失敗。」一個跟帽犯成性一樣拿著步槍的帽匠玩家哼了一聲。「誰想請教他，他就瞪誰，從不給人好臉色，也不知道在囂張什麼，他以為那些技術只有他有嗎？」

「那樣的黑桃二先生怎麼可能會帶小新手？用點腦子想吧，他肯定是有目的的。」一名紅心騎士對艾利西搖了搖頭，彷彿在說他才是被騙的那個人。

聽了紅心騎士的話，就連夜夜笙歌也懷疑起來。他轉頭想跟艾利西討論，艾利西卻早已跑到競技場上。

「管你們怎麼說！派人上來！」艾利西氣呼呼地指著那群人。

三更貓叫雙手抱胸，居高臨下俯視著艾利西。他實在搞不清楚這傢伙到底想怎樣，在他眼裡看來，艾利西根本是自取其辱。

討論區的文章是他的隊友發的沒錯，畢竟昨天眼看就要拐走土豪小新手，帽犯成性卻忽然殺出來把人帶走，實在令人不爽。雖然看艾利西的態度他們也明白無望，有大神在，艾利西不可能跟他們組隊的。

他們只是想取個暖讓網友罵一罵黑桃二，圖個痛快，反正大神從不在討論區發言，結果想不到竟是小新手跑來找他們理論。

即使裝備再好，等級的差距仍是絕對的。他們跟艾利西差了二十等以上，就算艾利西穿神裝拿神器，裝備的數值也會比他們這些高等玩家的裝備低一點，這便是三更貓叫一行人不把艾利西放在眼裡的原因。

三更貓叫用辨識技能確認了一下，發現艾利西的防禦數值非常普通，就是目前等級該有的數值，攻擊力更是低到嚇人，因爲完全沒裝備武器。

他瞬間明白了艾利西才不是什麼土豪，只是個人品爆棚幸運抽到鴿子的新手而已，除此之外什麼也不是。

這樣的水準還想挑戰他們，開玩笑的吧？

他一度懷疑艾利西可能是隱藏高手，但如果技術夠好，昨天在海龜副本怎麼會淪落到四處求人組隊的地步？所以毫無疑問的，艾利西就是個菜鳥小白。

對於這場百分之百會勝利的戰鬥，三更貓叫並沒有多大的興趣，不過來都來了，也只能打一場讓這個小白知道厲害。

當他準備上場時，夜夜笙歌開口了。

「等等。」夜夜笙歌難以置信地搖搖頭。「你們眞的打算派最強的上場啊？我家小菜鳥都沒要我上場了，你們也該拿出點誠意吧？」

「那你想怎樣？」

像是看見魚兒上鉤似的，夜夜笙歌眼睛一瞇。

「讓我指定誰上場吧，反正你們每個都至少高小菜鳥二十等，選誰沒差吧？」

就如夜夜笙歌所說，三更貓叫確實覺得沒差，反正誰來都是虐菜。「那你選啊，省得獲勝還要被你們說欺負新手。」

聞言，夜夜笙歌的嘴角微微上揚。

他跟對方不同，他相信艾利西有機會贏。黑桃二先生都能被拖去幫忙刷副本了，還有什麼是艾利西做不到的？

所以他該做的，就是選擇艾利西最有可能擊敗的對象。

「你。」他指向其中一人，語帶笑意。「你來跟艾利西打。」

他指的人，正是方才出言嘲諷帽犯成性的帽匠玩家。

這位ID叫司康的帽匠五十六等，剛好高艾利西二十等。夜夜笙歌知道，這是艾利西的極限，等級再高就眞的打不過了。

就如同一個新手去打高等BOSS一樣，再怎麼砍造成的傷害都只會是零，或者乾脆MISS，艾利西的彈藥雖然相當有用，但對上高等怪物或玩家便打了折扣，這也是他沒辦法對海龜副本的魚造成傷害的原因，對手的防禦跟敏捷太高了。

網遊高手夜夜笙歌自然也考慮過這點，他用辨識技能分析了一下對手，司康的防禦與等級都在艾利西可造成傷害的範圍內。

除此之外還有一個很重要的原因——那傢伙是帽匠。

「我相信你。」夜夜吸了一口煙，緩緩地吐出來。他看著艾利西，嘴角漾著溫柔笑意。「如果以擊敗黑桃二爲目標，要打贏這傢伙不是難事吧？」

艾利西回以一個燦笑。

「沒問題，不試試看怎麼會知道呢？」艾利西活動了下筋骨，望著移動到場上的帽匠司康，他的眼中綻放出自信的光采。

「爲了大神，我會全力以赴。」

「……你的武器呢？」一上場，司康便質問艾利西。

「我主修丟石，不用武器的。」

「開什麼玩笑？」

司康滿臉不可思議，但艾利西坦蕩蕩的態度讓他不得不相信這件事。

於是他一秒將艾利西歸類為蠢蛋。

要說爲什麼，是因爲他認爲網遊玩家分成三種。

第一種玩家會選擇自己喜歡的職業玩，第二種玩家會選擇最強的職業玩，而第三種玩家就是像艾利西這樣，喜歡選擇沒有人玩的冷僻職業。

選愛麗絲的人不多，練丟石的更是稀少，司康一直覺得這類玩家是最笨的。與眾不同雖然多少能帶來優越感，然而某些職業之所以沒人選，自然是有原因的，踏上冷僻道路的玩家很快就會吃到苦頭，他看過太多類似的例子。

所以，像他這樣選擇最強的職業才明智。同一職業多到氾濫又怎樣？被人說只想走輕鬆的路又怎樣？至少玩得很輕鬆是事實，他能輕易打贏那些冷門職業的玩家也是事實。

遊戲公司都會宣稱遊戲裡的職業強度是平衡的，但這只是場面話，總有一兩個職業特別吃香，練起來特別強。

在《愛麗絲Online》裡，帽匠正是大多數玩家認爲最強的職業，其中步槍路線又是公認火力最猛的路線，所以當司康摔入兔子洞時，便毫不猶豫地選擇了帽匠，拿起步槍。

帽匠這個職業本來就容易上手，再加上還有被奉爲大神的帽犯成性在前，如果技術上有什麼問題，或者不知怎麼玩，去看帽犯成性的戰鬥影片就行了。司康覺得這遊戲沒什麼難的，不管是副本還是競技場，只要不跟大神等級的人對幹，他都能表現得不錯。

「我看你還是重創一個角色吧？愛麗絲這麼難玩，丟石路線又沒人練成過，你這角色玩到最後肯定會廢掉的。」

「不玩到最後，怎麼知道會不會廢呢？」艾利西笑咪咪地說，眼中沒有一絲猶豫和迷茫。「你太小看丟石了，沒有一個技能是無用的，至少我是這麼認爲。」

「是嗎？那還要請你告訴我，這個只能拿來丟垃圾的技能到底有什麼……」

艾利西二話不說，立刻把一坨鮮奶油砸到人家臉上。

「呸、呸……」突如其來的一砸挑起了司康的怒火，他的視線被鮮奶油遮蔽，當他憤怒地抹掉臉上的鮮奶油時，艾利西已經不見了。

他氣急敗壞地想著人跑哪去了，此時幾把餐刀射中他的背部，瞬間扣了好幾滴血，他馬上怒氣沖沖轉身對艾利西開火。

彷彿反射動作似的，艾利西往前一撲躲過一波集火，完全沒被傷到半分，接著飛快地彈起來，再度朝司康丟餐刀。

「可惡，別跑！」司康氣得瘋狂射擊。

他的槍口緊緊跟著艾利西，無奈這小白靈活得跟猴子一樣，還不時突然腳步一拐，往意想不到的方向跑，害他反應不及。這個在他眼中皮薄防低的新手只要轟個幾下就會掛了，偏偏他怎樣都轟不到。

在司康更換彈匣時，一坨鮮奶油又砸到他的臉上，視野頓時一片空白。他罵了聲髒話，連忙抹去礙事的鮮奶油，睜開眼睛時卻見艾利西站在他的八點鐘方向，笑嘻嘻看著他。

「死新手，還有閒情逸致站在那！」司康氣得舉起槍，朝艾利西走近一步，不料這一踩正好踩中了刺蝟。

微弱的刺痛感讓司康反射性收回腳，往旁一踏，卻又踩到刺蝟。所有他可能走的地方都被艾利西丟滿了刺蝟地雷，因此他短時間內接連踩中好幾隻，達到扣血狀態的最高疊加次數。

當司康在競技場上連聲咒罵時，場外的三更貓叫一行人都看傻了眼。

「這個新手……好像真的有點厲害？」

「他好清楚司康的動作，以前肯定玩過帽匠吧？」

將一切看在眼裡的夜夜笙歌笑而不語，他就知道艾利西不會讓他失望。

對帽犯成性懷抱著無比熱情的艾利西早已成了帽匠專家，對步槍路線的帽匠打法瞭若指掌。若是面對其他職業的玩家，他可能不出一分鐘就會被打趴了，唯獨帽匠例外。正因爲他持續研究著帽犯的打法，才會出現如今的戰況，他太了解這個職業該怎麼對付了。

「喂，司康！別光顧著打，也要注意腳下啊，那個假新手放了很多陷阱！」

「你以爲我不想注意嗎！」

司康氣急敗壞地大吼，每當他想專心閃避腳下的地雷時，艾利西便會發動猛攻，雖然對他而言不怎麼痛，但那些貓拳般的攻擊累積起來，也能耗光他的血量。而如果他駐足不前，艾利西又另有別的應對方式。

他站在原地，死瞪著和他有段距離的艾利西。

「你站那麼遠打不到我的喔。」艾利西笑著說。此刻他所站的位置在步槍的最佳射程外，司康如果硬是對他射擊，很容易MISS。

「你這個假新手！」

「我是新手沒錯，丟石這個技能我還沒研究透徹呢。」說完，艾利西停頓了一下，補上一句：「但是帽匠這個職業我研究得很透徹喔，尤其是你的步槍技能。」

「……」

「我說，你是不是有學大神的動作？很多技巧跟他滿相似的呢，但怎麼說……像是像，卻沒有大神來得好。如果是大神，應該會更加精準迅速……」

「你是想說我不如他嗎！」

「不是啦，怎麼說——」

艾利西還未說完，司康再度朝他奔去，而艾利西試圖與他保持距離，一邊不斷以詭譎的走位閃避子彈，一邊算準換彈匣的時機回丟餐刀。

「我來告訴你帽犯成性強的原因。」司康發動技能，幾發火焰彈射向艾利西，艾利西連忙躲開。他瞪著艾利西，語氣充滿不屑：「那傢伙之所以強，只是因爲他選擇了最強的職業。在《愛麗絲Online》，帽匠是大部分玩家公認的最強職業，那傢伙的強是建立在職業上。」

「所以，帽犯成性根本沒有資格如此囂張，因爲他跟我們一樣，都是選擇走在康莊大道上！」

彷彿要洩憤一般，司康突然發揮出超水準的實力，一發麻痺彈準確地打中艾利西。

艾利西暗叫不妙，他整個人摔在地上，一時無法動彈，只能眼睜睜看著司康步步逼近。他勉強挪動手臂，用盡吃奶的力氣把一個彈藥扔出去。

盯著神情憤慨的司康，艾利西忽然想起白天時看過這個名字，討論區那篇質疑大神人品的帖子正是司康發的。

將司康對帽犯成性的評價，以及對帽匠這個職業的看法連結在一起後，艾利西終於弄清楚司康的眞正想法了。

「這個結果就是最好的證明，在帽匠面前，其他職業都是屁。」司康冷冷俯視著艾利西，舉起了槍。

「爲什麼？」艾利西十分納悶，他凝視著司康的雙眼，用一貫的天眞口吻說：「不想玩帽匠就不要玩啊，又沒有人逼你。」

司康頓時愣在原地。

「就算會被其他人嘲笑或瞧不起又怎樣？沒有努力到最後，你又怎麼知道其他職業不強？」

「你……我、我沒有……」司康慌亂地想解釋什麼，卻徹底語塞，連一句完整的話都講不出來。他反射性瞥向三更貓叫等人。

「難道你是因爲想得到其他人的認同，才選擇玩帽匠的？」像是看出司康潛意識在想什麼，艾利西笑笑地問。「要是我才不幹呢，爲了得到別人的認同而玩遊戲，玩起來一點也不開心。」

「至於你說大神是因爲職業優勢才強，我並不這麼認爲，因爲如果是大神——」麻痺時間終於耗盡，艾利西躺在地上，用力將剛剛被他扔在一旁的電鰻踢往司康的方向，滑溜的電鰻飛快落到司康的腳尖前，被踩個正著。

「什——」一直將注意力放在艾利西臉上的司康反應不及，微弱的電流竄過他的全身，令他陷入麻痺。他顫抖著手握住步槍，眼睜睜看著艾利西緩緩爬起身。

「如果是大神，他絕對會把握麻痺的時間，一波攻擊解決掉我，才不會像你這樣拖拖拉拉。如果是大神，他一開始就不會踩到任何一隻刺蝟，大神從沒在決鬥時中了我的技倆，這就是你們之間的差別。」艾利西邊說邊丟了一堆刺蝟瘋狂疊加損血狀態，接著毫不留情地拿石頭與刀子往司康身上砸。

「你……」

待麻痺效果結束，艾利西立刻跳開，他的目光十分專注，而司康則是大為動搖。只見他的動作越來越急，一個勁兒地亂用技能，在這種情況下，艾利西更加占上風了。

司康毫無章法的打法，與大神精準得有如機械的戰鬥方式相差太多，艾利西輕易運用手上的彈藥做出好幾個陷阱困住對方，刺蝟的損血疊加狀態更是不曾中斷。他就像把獵物玩弄在手掌心的獵食者，對手的一舉一動他都了然於胸，整個競技場彷彿成了蛛網，司康左衝右突，就是無法突破。

「喂，三更，司康的血量……」司康的隊友臉色都白了。雖然艾利西的攻擊不怎麼痛，但持續消磨之下，司康的血量也所剩無幾。

三更貓叫直冒冷汗，戰況跟他預期的完全相反。見鬼了，誰想得到這新手眞的這麼強？

「司康！別再混了，給我一波帶走他！那傢伙的血量也在一半以下了！」

「別聽他們亂講，你贏不了我的。」

「你！」

「如果你想知道爲什麼……」艾利西一個風騷走位閃過司康的冰彈，接著丟出一顆石頭，正中司康的眉心。

「因爲我是眞心喜歡丟石。雖然難練，但我樂在其中，大神也是由於選擇了自己喜歡的職業，所以才能強到成爲大神。相較之下——」

在司康即將射出火焰彈之前，艾利西一個快手用石頭打偏了槍口，火焰彈霎時往旁飛去，炸在牆上。

「只爲最強而選擇了最強的你，是沒有辦法成爲最強的。」

這句話有如當頭棒喝，震懾住司康。他的四肢像是被釘在原地，只能眼睜睜看著艾利西丟出最後一顆決定勝負的石頭。

這顆石頭毫不起眼，傷害也不高，然而就是如此平凡無奇的攻擊落在司康的頭上，耗光了剩下的血量。他的身體不受控制地向後一倒，宣告戰鬥的終結。

司康看著空蕩蕩的天花板，忽然想起很久以前，自己還是個年輕氣盛的國中生時，曾經跟班上的同學一起打網遊。他被同學們嘲笑，說他選了個最廢的職業，而他確實也不斷死在副本裡，根本沒幫到什麼忙。

最後，因為同學們的嫌棄，他被迫放棄原本的職業，改練技能吃香的職業。

從此之後，他玩遊戲就只選最強的職業。雖然被隊友看重的感覺很好，他的心裡卻好像空了一塊。

「比賽已經結束了，你還要在地上躺多久？」一個帶著笑意的聲音在司康的上方響起，他看向對方，一隻手朝他伸了過來。

「下次選喜歡的職業玩吧？像我這樣用喜歡的玩法，打贏比自己高二十等的玩家，那種感覺可是超舒暢的喔，你不想體驗嗎？」艾利西站在他身旁，笑得開懷。

司康愣了愣。他猶豫了下，最後握住那隻手，被艾利西拉了起來。

看著艾利西真誠的笑容，不知為何，他有種肩上的重擔終於卸下的感覺。

要是當年他有堅持下去，把喜歡的職業練得很強，讓同學們刮目相看的話，成就感肯定比改練最強職業要多上百倍吧？

「好了，你們輸了，明天我要看到你們發文道歉！」艾利西頭一扭，臉色一變，氣呼呼指著三更貓叫大喊，說完他又想到手下敗將也是罪魁禍首，連忙再轉回頭指著司康的鼻子碎碎念：「你也是，不准你侮辱大神！大神人品端正清心寡慾又帥又強又會照顧人才不是你說的那樣，我也沒有被大神榨乾……唔，雖然被榨乾也無所謂啦，問題是我沒有。」

聽完艾利西滔滔不絕的一連串發言，司康忍不住笑了出來。

「我知道了，我會發文道歉的。」

「這才對，大神他呀才不會像你說的那樣——」

「你在這裡搞什麼鬼？」

一個令人不寒而慄的冷酷嗓音從觀眾席傳來，一聽見這個聲音，艾利西敏感地回過頭，果不其然看見那個人。

帽犯成性狠瞪著他，一副恨不得把他生吞活剝的模樣。

Chapter 10 夢遊仙境

「所以，你這傢伙放我鴿子就是爲了跟那群人打架？給我過來解釋清楚。」

「大、大神……」

「過來！」

艾利西摸摸鼻子，像隻被主人發現咬破抱枕的狗狗，垂著耳朵乖乖移動到觀眾席，眼神充滿了無辜與委屈。

「我、我有通知你了啊大神，你不是看到了……」

「你只扔下一句『今天不能打副本，有事要忙』打發我。」帽犯成性冷冷說。「我還在想你這傢伙葫蘆裡到底賣什麼藥，上了線卻不來打副本，結果聽到海龜副本那有人說你在競技場。你的『有事』就是要跟那群人PK？」

「我……」

「冷靜點，黑桃的。」夜夜連忙走過來把帽犯成性架開，然後擋在艾利西身前，責怪地看著大神。「人家好心幫你挽回名譽，你不僅不感謝，還要罵人，也太過分了吧？」

帽犯成性掃視了下三更貓叫一行人，目光又回到艾利西兩人身上。

「他們在網路上侮辱你啊大神，我看不過去想討個公道嘛！」艾利西從夜夜笙歌身後探出頭，連忙為自己辯解。

「我有叫你這麼做？」

「沒有啊，因為我知道你不會答應，所以才自己來。」

「你……」

面對這個回答，帽犯成性居然不知道該說什麼了。

他盯著神情無辜的艾利西一會兒，最後深吸一口氣。「你先給我過來。」

他試圖繞過夜夜笙歌抓住艾利西，艾利西卻閃開，跟他玩起兜圈子。

夜夜吸了一口水煙，吐出白色煙圈，淡定地看著以他為中心繞著圈子的兩人。看樣子帽犯成性似乎確實沒他想像的那麼……高冷？就只是很愛生氣而已。他也看得出來，帽犯成性不是眞的打算痛扁艾利西。

「是我自己想這麼做的，畢竟心目中的偶像被侮辱了，誰忍得住嘛？大神不用覺得欠我人情，當作這件事沒發生過就好。」

「我什麼都沒說，你就往自己臉上貼金？你不要命了是嗎？對方的等級你看到了吧，高二十等還打個屁？輸了你是要跟人家下跪嗎！」

「我打贏了耶，非常順利地打贏了喔，人家也說隔天會發文道歉了！」

「開什麼玩笑，你這個小白怎麼可能打贏人家？」

「我就是贏了嘛，不信你問他！」

「呃，我是輸了沒錯……」

「你看！靠著愛的力量可以戰勝高二十等的玩家！」

「不要再跟我鬼扯這種東西，給我過來！」

「哇啊！」

帽犯成性忽然一個轉向，反應不及的艾利西被抓個正著。他仰頭看著這個牢牢抓住他的手臂、比他高了一些的男人，不由得感到一絲緊張。

某方面來說，他確實是皮在癢，喜歡耍白目惹大神生氣，但其實他還是怕帽犯成性眞的生氣的。

「如果打贏了，對方就發文道歉，那如果你輸了呢？」帽犯成性的語氣十分嚴肅。「你的自尊就會被踩在腳底，眞正被人家看扁。他們造謠是他們的事，你當路邊野狗在吠就好了，不管是你還是我，都不會因爲他們怎樣說就變成什麼樣子，這點你不可能不清楚吧？你去向他們挑戰是自討苦吃。雖然今天幸運地贏了，可是下次呢？」

艾利西沒料到帽犯成性會這樣想，也沒料到帽犯其實有看到那篇帖子，他以爲大神什麼都不知道。

「不要爲了這種小事賭上你的自尊，明白嗎？」帽犯成性認眞地盯著艾利西，散發出不容拒絕的氣勢。

艾利西本想再反駁些什麼，但一對上帽犯成性的雙眼，他的話便全哽在喉頭。這對總是注視著前方的眼睛，如今卻將如此灼熱的目光放在他身上，不知爲何，這令艾利西感到十分不自在。他的臉頰染上一層熱度，有些窘迫地別開眼，左顧右盼，就是不肯看著帽犯成性。

「艾利西。」

「我知道、我知道了啦！我只是看不下去你被抹黑，想幫你平反而已，下次我會先問你的，你說不行的話就不做！」

帽犯成性沉默一會兒，最後嘆息一聲，放開了人。雖然終於說服艾利西，可是見艾利西垂著頭不肯看他，他又感到一絲不忍。

對於艾利西的行爲，他不可能只是覺得生氣。有人爲他挺身而出這種事，他以爲永遠不會發生，無奈的是，他不知該怎麼表達想法。

「如果我是你，這時候就會摸摸他的頭。」一個悠哉的聲音從旁邊傳來，他轉頭一看，夜夜笙歌正面帶微笑，以彷彿看扁他的欠揍眼神瞧著他。

帽犯成性瞪了夜夜笙歌一眼，又略顯彆扭地轉頭看向被晾在那裡許久的三更貓叫等人，惡狠狠地說：「這傢伙歸我管，敢找他麻煩就是找我麻煩，別挑戰我的耐性，我並不介意在城外殺人，你們好自爲之。」

「大、大神……」

「愣著幹什麼？走了，去打海龜副本。」語畢，帽犯成性不由分說地拉起艾利西的手，準備把人帶走。

而艾利西伸出手，抓住了夜夜笙歌。

「夜夜一起來吧！」艾利西高興地說。「BOSS太強了，光憑我跟大神有點吃不消，有夜夜在的話肯定會更順利的。」

「你這傢伙從頭到尾都沒貢獻，還敢說吃不消？」帽犯成性狠狠地吐槽。

夜夜呆了呆，他看看對他露出眞誠笑容的艾利西，再看向一如往常擺著臭臉卻沒有異議的帽犯成性。

他以爲這個人不會懂得留情面，字典裡也沒有善待他人這四個字，可剛才他確實聽見帽犯成性氣呼呼要艾利西顧及自己，對PK這件事的看法也相當成熟，出乎他的意料。

之前在花園副本時，對艾利西的態度明明惡劣得可以，不過此刻……嗯，依舊惡劣，但夜夜笙歌是眞的從言語上感覺到帽犯成性的關心了。

這傢伙是怎樣，超級傲嬌嗎？

夜夜笙歌頓時有種想望天的衝動。

「不想打就算了，沒你也行。」見夜夜笙歌沒有說話，帽犯成性語氣冰冷地表示。

聞言，艾利西卻把夜夜笙歌抓得更緊了，他像個要糖吃的孩子似的吵鬧：「別這樣嘛，夜夜是必要的！要有夜夜才行！」

「那你組啊，有種就現在跟他組隊去。」帽犯成性雙眼一瞇，表情大有「敢這麼做就給你好看」的意思。

「好了好了。」終於明白帽犯成性到底是什麼性子後，夜夜笙歌無奈地笑了笑，開口打圓場。「看在小菜鳥的分上，就一起去吧。」

帽犯成性哼了一聲，沒有再多說什麼。他還記得花園副本那次跟夜夜笙歌同隊的經驗，這名毛蟲術士眞的無可挑剔。

「嘿嘿，好啦，我們走吧。」成功把兩人收入隊裡，艾利西開開心心地拉著他們離開了競技場。

雖然他很訝異帽犯成性會這樣看待**PK**，也不全然認同那番話，不過反正來日方長，他還有很多時間讓大神理解他的想法。況且這次的結果他挺滿意，能奇蹟似的打贏高等帽匠玩家，讓對方輸得心服口服，就已經很開心、很過癮了。

至於黑桃二先生可以慢慢來，一下子就攻下的話也沒意思。

想到這裡，艾利西忍不住勾起一抹得意的笑。

「小菜鳥，我明白你希望我給黑桃二一個機會的心情，但事實上，這個副本眞的用不太到我啊。」

看著帽犯成性一路橫行無阻地清怪直奔王關，夜夜笙歌忍不住在後頭說了一句。

「不，我們眞的很需要夜夜。」艾利西難得露出正經的表情。

直到來到海龜先生面前，夜夜笙歌還在悠哉地發表意見：「瞧那傢伙的打法，肯定已經把海龜副本刷到爛掉了，海龜先生大概也不出幾分鐘就會——」

話還未說完，他便看見帽匠大神一臉嚴肅爲自己狂加buff，如此愼重的態度使他頓時呆愣地閉上嘴巴。

「吸水煙的，給我躲在海龜背後，等等被打到可不管。」帽犯成性一邊動作，還不忘瞪夜夜笙歌一眼，而令夜夜笙歌更加訝異的是，跑到海龜先生面前開怪的人居然是艾利西。

「爲了你的度度鳥老闆，再來一戰吧，海龜先生！」艾利西充滿鬥志地大喊。

「度度鳥！」

一聽見關鍵字，海龜先生再度大發雷霆，他重複著跟上次一樣的臺詞，手上格林機槍的彈藥換成龍蝦。這次艾利西沒有傻傻站在那任海龜宰割，他飛快地跑開，帽犯成性也發動攻擊試圖把仇恨拉過來。

當無數紅色子彈落在遺跡各處時，夜夜笙歌原本掛在臉上的微笑僵了。

「這隻海龜是吃錯什麼藥？他的各項能力怎麼提升了？那龍蝦彈藥又是怎麼回事？」終於意識到不對勁的他，略顯驚恐地邊走位邊打量抓狂的海龜先生，完全不明白發生了什麼事。

「這就是隱藏任務龍蝦方塊舞，要打敗海龜先生才能繼續。」在艾利西丟下這句話時，帽犯成性成功地把仇恨拉了過去，開始跟海龜先生繞起圈子。

這次他沒有再掉以輕心，爲了這隻王，他特地花了AP學習能提升行動速度的輔助技能，所以總算跑贏海龜了。但有個問題是，技能效果只能維持九十秒，冷卻時間卻有整整一百八十秒，所以他必須想辦法撐過這段時間。

「喂……這可不是開玩笑的啊。」了解事態的嚴重性後，夜夜笙歌很快進入狀況。他急忙朝海龜先生吐出一團煙，迷惑對方的視線，海龜先生因此停下攻擊，空出一隻手將煙霧揮去，並發出憤怒的咆哮。

見夜夜笙歌的技能如此好用，帽犯成性立刻開口：「吸水煙的，配合我。」

「你是眼瞎了嗎，看不到我頭上的ID？」夜夜皮笑肉不笑地回應。「拜託人不是這種口氣吧？」

面對挑釁，易怒的帽犯成性正想回擊，艾利西卻大叫：「救命啊啊啊，海龜先生快打到我了！」

兩人聞聲看去，果然看見艾利西就在海龜先生的射程內，且海龜先生終於甩去圍繞在頭部的煙霧，氣沖沖瞪著艾利西。

「你這白痴，不是跟你說過要待在背後嗎！」帽犯成性的攻擊速度和罵人的速度一樣快，在他喊出第一個字時，槍口已經對準海龜的頭開轟。

見艾利西陷入危機，夜夜笙歌放棄跟帽犯成性鬥嘴了。小菜鳥皮太薄，一個不注意就會被打死，到時候一切就得重來了。

作爲憑藉各式負面狀態將敵人玩弄在手掌心的職業，夜夜笙歌的辨識技能等級也很高，他明白這是個分秒必爭的情況，也知道自己必須配合帽犯成性才能順利拿下海龜。想到此處，他不禁嘆了口氣，從物品欄拿出一項道具。

「咦，夜夜？」艾利西疑惑地出聲，不明白夜夜笙歌爲何會突然戴上眼鏡。這副黑框眼鏡很適合他，令夜夜笙歌充滿了知性氣息，說是文青也不爲過。

「這副眼鏡能大幅增加辨識技能持續的時間，這樣我就能隨時掌控海龜跟黑桃的狀況。」語畢，他吐出一口煙，一團冰霧朝海龜先生的雙腳襲捲而去，一層冰霜附著在腿上，限制住海龜先生的行動。

帽犯成性趁機開大絕狂轟，不出幾秒冰霜碎裂，海龜先生火冒三丈地回擊，但這次帽犯成性沒有再被追上，他像昨天一樣繞著海龜先生跑，讓海龜也跟著他打轉。每當帽犯成性的加速狀態消失，夜夜笙歌便接手迷惑海龜，兩人合作無間，徹底把可怕的海龜先生控制住了。

帽犯成性不得不承認，夜夜笙歌是個十分出色的隊友。在他忙著攻擊海龜先生時，夜夜笙歌便朝海龜狂扔會緩慢扣血的技能；當他身上的加速效果消失時，夜夜笙歌便一秒轉換模式，向海龜吐去各種附加負面狀態的煙霧。身爲一個輔助職業，夜夜笙歌非常可靠，無可挑剔。

雖然是第一次挑戰海龜先生，但夜夜笙歌已經抓住了戰鬥的節奏，還能分神照顧艾利西。好幾次艾利西不小心踏入海龜的射程，都是夜夜笙歌把人拉回來，或者絆住海龜讓艾利西逃走。

因此，帽犯成性更加無後顧之憂了。他將全副心神放在對付海龜先生上，攻擊效率大幅提升。

昨天在毫無預警的情況下被海龜先生打趴，今天他做了萬全準備，不再掉以輕心。縱使海龜先生的速度與攻擊力都是前所未見，帽犯成性畢竟仍是大神等級的玩家，他跟夜夜笙歌一樣，逐漸在戰鬥中掌握了節奏。

海龜先生的攻擊十分猛烈，帽犯成性也不遑多讓，他在場上迅速移動，讓自己始終待在對方的射程外，並毫不間斷地以技能狂轟。

面對這場快節奏的戰鬥，艾利西一下就暈了，有些跟不上。對此，夜夜笙歌只是笑笑地表示沒關係。

「繼續努力下去，未來你就可以跟我和黑桃二一樣了。」夜夜笙歌說，他相信艾利西肯定能成爲出色的愛麗絲。

聽了他的話，艾利西綻開笑容。

突然，一聲淒厲的叫喊迴盪在大廳內，隨後地面發出巨響。兩人回頭一看，只見海龜先生被帽犯成性打到跪在地上，渾身傷痕累累，眼中卻仍透著不甘。

「你們……你們到底想怎樣！」海龜先生咆哮，整個大廳爲之震動。他扭頭看向艾利西，似乎恨不得把人大卸八塊。「是度度鳥叫你們來收拾我的嗎？那傢伙就這麼討厭我……甚至恨不得派人把我幹掉嗎？」

「呃，我——」

「好，如果他眞的這麼想，那我就成全他！但你們也別想活！」語畢，海龜先生將機槍的槍口朝上，似乎打算把天花板炸了活埋所有人。

「哎？」艾利西錯愕地喊出聲，他連忙伸手想制止，可是海龜先生根本不把他放在眼裡。「等等啦，有話好說！」

「住手吧，海龜。」一個低沉的嗓音從艾利西等人方才推開的大門後傳來，竟是度度鳥老闆出現了。

他站在那裡，顯得有些滄桑。

聽見這個聲音，海龜先生瞬間停下動作。他盯著度度鳥好一會兒，最後悵然若失地放下武器。「是嗎？你果然要親手解決我啊……我早就知道會有這一天。雖然我們曾經合作得很愉快，但隨著時間流逝，你一天比一天不開心，直到那天你忽然不告而別，留下錯愕的我。」

度度鳥深深嘆息，緩緩步入幾近全毀的大廳。「對不起，海龜。我一直沒有跟你坦白，還用那種方式傷害你。我只是……不想再當龍蝦販子了。」

他悲傷地說：「雖然賺了很多錢，可我越來越受不了把活生生的龍蝦當成商品。看你做得這麼開心，我實在難以向你坦白，所以才選擇了不告而別，抱歉。」

聞言，海龜先生沉默良久，才帶著茫然的表情低喃：「是嗎……原來是這樣啊，你應該早點跟我說的，我以爲你是討厭我了，因此才不告而別。看樣子，是我讓你失望了。」

他慢慢站起來，泛著紅光的機槍逐漸恢復原狀。「我現在也不當龍蝦販子了，沒你在身邊，這工作一點也不有趣。」

「海龜……」

「抱歉，吾友，我應該早點察覺你的心情。我不會再碰龍蝦了，讓牠們自由吧。」

度度鳥露出如釋重負的微笑，他看向艾利西等人，語氣輕鬆許多：「不好意思，給你們添麻煩了。我在岸邊聽見海裡傳來熟悉的炮擊聲，覺得有些擔心，於是過來看了一下，還好你們沒事。」

不，我們已經死過一次了。艾利西在心裡吐槽。

度度鳥說完後，便沒再理他們，他緩步走到海龜先生身邊，拍拍他的龜殼。

「抱歉啊，這麼長時間沒有跟你聯絡，我想我們需要好好聊聊。去我店裡喝一杯吧，我請客。」

海龜先生點點頭，就這樣把機槍留在原地，無視艾利西等人，跟著度度鳥踏出副本了。

「這什麼智障任務？」帽犯成性一臉莫名其妙，瞪著兩獸逐漸走遠的身影。他還是第一次遇到有BOSS爲了約會，連架都不打了自行離開戰鬥。

他正想逼問艾利西究竟在哪接到這種鬼任務，結果艾利西的面前忽然跳出一個視窗。

系統提示：玩家 艾利西 在海龜離開後，從機槍裡挖出了新的彈藥！

無數紅色光點圍繞著艾利西，在他面前凝聚出一本書，落到他手上，書封繪有栩栩如生的龍蝦圖樣。

「咦？難不成這眞的是……」艾利西翻開書本，才一攤開，書本便消失，取而代之的是系統視窗。

系統提示：您已學會丟龍蝦。

「哦哦哦眞的！眞的是新的彈藥！」艾利西欣喜若狂，他轉身用力抱了夜夜笙歌一下，隨後又撲向帽犯成性。

「眞的是新的彈藥啊！我有彈藥了，而且是會爆炸的，全新的攻擊彈藥！眞是太好了嗚嗚嗚——」

「解完了就給我滾！別黏在我身上！」見艾利西像牛皮糖似的緊緊黏著自己，帽犯成性再度失去冷靜，又發怒起來。他試圖將艾利西推開，無奈仍被抱得死緊。

「大神你好棒，我最愛你了！」

「我不想被你這白痴又雷人的傢伙喜歡，給我滾！」

「小菜鳥乖，那傢伙太凶了，會吃人的，到這裡來。」

「你說誰會吃人？」

夜夜笙歌已經漸漸摸清帽犯成性的性子，對這個人不再那麼反感了。黑桃二先生雖然嘴上不饒人，但其實是刀子嘴豆腐心，不然也不可能被艾利西牽著鼻子走。

既然是豆腐心，那還有什麼好顧忌的？雖然自己稱不上大神，好歹也是高手玩家，怕他不成？

「就不要讓我在撲克競技場遇到你。」帽犯成性的眼神凶惡到彷彿能把夜夜笙歌燒穿一個洞，無奈毛蟲術士絲毫不把他的威脅放在眼裡，依舊掛著從容的笑。

「小菜鳥。」夜夜笙歌朝艾利西招招手，艾利西立刻乖乖放開大神，搖著尾巴似的走過去。

夜夜笙歌猶豫地看了帽犯成性一眼，在艾利西耳邊低聲說：「所以你還是想打敗黑桃二？在知道這個人的眞面目後？」

「嗯！」艾利西沒有任何遲疑，用力點點頭。爲了讓夜夜笙歌更加明白，他開口說：「正因爲他是這樣的人，我才想打敗他。」

對於這份近乎盲目的執著，夜夜笙歌沒再發表意見。他多少明白艾利西的理由，當艾利西看著帽犯成性時，眼中總是會流露出一絲憧憬，也因此才會想一直追隨著吧。

他無奈地笑了笑。「也是，玩遊戲總是要有個目標才有樂趣。」

「那夜夜呢？」艾利西疑惑地反問。「你還會想……擊敗大神嗎？」

夜夜笙歌沉默了下，伸手摸摸他的頭。

「我之所以想打敗他，是因爲我想讓這個瞧不起我的人難堪。不過你讓我明白，黑桃二確實態度很差，卻也不會放著你這樣的新手不管。如今我已經沒有與他爲敵的理由，也成爲了一個人人都想跟我組隊的毛蟲術士，我想我的目的已經達成了。」

說到這裡，夜夜笙歌凝視著艾利西那雙澄澈的眸子，語氣轉爲溫柔。

「如果每個人都能像你一樣，擁有無比的熱情去了解他人，或許這世上就可以減少一些誤會。總而言之，謝謝你讓我知道這一點，艾利西。」

聽了這番話，艾利西露出燦爛的笑容。

說完，夜夜笙歌放開艾利西，轉身走向副本出口。「我還有事，先走一步了。你跟大神要好好相處，別被他欺負……」

話說到一半，他挑了挑眉，語帶笑意改口：「別欺負他了。」

「你什麼意思？你覺得我會被這傢伙欺負？給我回來說清楚！」

「夜夜拜拜，放心吧，我會跟大神相親相愛的——」

尾聲　夢醒時分

結果離開副本後，帽犯成性還是沒能如願擺脫艾利西。

當他準備回紅心城修裝補水時，艾利西表示自己也要去修裝，硬是死皮賴臉地跟了上來，心情很好似的走在他身旁哼著歌。這副欠打的模樣雖然令帽犯成性煩躁，不過他沒有開口要人滾開，因爲他有些話想跟艾利西說。

兩人走在充滿異國風情的紅磚道上，鮮紅的玫瑰沿街綻放，空氣中瀰漫著高雅的玫瑰芳香。艾利西跟著最喜歡的大神，喜悅之情盡顯於色。

想到方才夜夜笙歌所說的話，他忍不住湊到帽犯成性旁邊。「大神大神，要不要跟夜夜做朋友？他人很好喔！」

「我看起來像是需要朋友的樣子嗎？」帽犯成性沒好氣地說。

「和別人一起組隊很快樂啊，別老是單刷嘛！我就很喜歡跟大神組隊，多跟我組隊嘛。」

「就你這神經病喜歡跟我組隊。」

帽犯成性玩遊戲玩了這麼久，還是第一次遇到有人對他如此熱情，完全不覺得和他組隊有什麼不好。他很清楚自己的個性差，也不奢望會有任何人喜歡。

但偏偏出現了像艾利西這樣的神經病。

想著，他忍不住開口問了他從剛才就一直想問的事。

「你之所以會要求跟那些人PK，是因爲他們侮辱我是吧？」他的神情略顯複雜。「我在你心中眞有好成這樣？好到你願意爲了我跟人家PK？」

發覺身旁的人停下腳步，帽犯成性回頭看向艾利西，艾利西反常地露出不滿的表情。

「很好喔。」艾利西的語氣難得少了輕浮，多了幾分認眞。「我眼中的大神是個堅毅不屈、剛正不阿，十分有原則的人，所以我討厭那些人顚倒是非，也不喜歡沒有人相信這點。」

「……」

這樣的話語。

這樣的舉動。

多少個夜裡，他都奢望著有人能這麼對待他，但最終他放棄了。

明明都已經放棄了，在這個夢境一般的世界裡，卻出現了願意這麼做的異類。

他應該高興的，可是心情卻異常複雜，彷彿有一顆大石壓在心上。

即使看見了希望，帽犯成性仍有種要窒息的感覺。

「你眞的認爲我是這種人嗎？」望著那對澄澈的眸子，帽犯成性一句話脫口而出。他深深注視著艾利西，像是要看透對方的眞心。

「這是個虛擬的世界，在這裡，死亡了可以重生，做錯決定也能重新來過。角色玩爛了、名聲差了，只要重新開一個角色，一切又可以重來。在這個能夠容忍錯誤的世界裡，你覺得有多少人會是眞實的？」

見艾利西呆愣住，帽犯成性並不意外。這傢伙就是太單純，單純到常令他煩躁。該死的是，明明煩躁到不行，他卻無法放下不管。

「唔……」

艾利西顯然被難倒了。他皺起眉頭，認眞地思考了一番，而後眉頭一鬆，又露出平時那閃亮到討打的笑容。

「正因爲是個可以犯錯的世界，所以人心在這裡才顯得眞實不是嗎？而且儘管這個世界並非眞實，我們共度的時光也絕無虛假，我只相信我所看到的。既然在我看來你人很好，那你就是好的，就算大神自己否認，我也不會同意的！」

帽犯成性先是微微睜大雙眼，最後陷入長長的沉默。

「老是煩惱的話會加速老化喔，走吧走吧，去修裝。」不等他說話，艾利西抓住他的手，把人拉向前。

看著艾利西無憂無慮的樣子，帽犯成性緊蹙的眉頭逐漸鬆開。他任由自己被拉著走，決定先把這件事拋到腦後。

就如艾利西所說，即使這是個夢一般的世界，他也想相信此刻是眞實的。

「我好像還沒跟你算今天放我鴿子的帳？」

「呃，事出有因嘛，不會有下次了。」

「鬼才相信。以後想跟我組隊，叫你幾點到就幾點到，不准不上線不准失約，做不到就給我滾。」

「我、我會努力的，就算晚上去找同學開趴不小心喝掛我爬也會爬回家上線玩遊戲的！」

「你這個糜爛的死大學生！手機號碼給我，要是約好刷副本那天你給我去跑趴就死定了！」

「不會啦我不會跑趴……不不不我會跑趴！所以快加我！快把我加進通訊錄裡，連LINE也要！」

「……」

「如果大神不加我，我大概有百分之九十九的機率會遭逢不可預測的意外不小心失約，但只要加我，我就百分之百會赴約了。」

「你再講一個字，我就在這裡掐死你。」

兩人的身影伴隨著艾利西歡快的笑聲，逐漸消失在紅心城彼端。

在這個夢中仙境，現實裡毫無交集的愛麗絲與帽匠相遇了。
縱使這個世界並非真實，兩人都明白此刻的時光並非虛假。
他們的故事，將會在未來的夢境與現實繼續下去——

紅心篇完

番外　你今天跟狗狗通話了嗎？

帽犯成性最近有種自己養了一條黃金獵犬的感覺。

自從某隻小白為他站出來和人PK後，他就放下了對這隻煩人小白的防備，還一時說得太順，不小心讓要手機這種話脫口而出。

一言既出，駟馬難追。現在，現實裡的他也被小白纏上了。

雖然兩人交換了手機號碼，但帽犯成性交代過，晚上八點後才能撥打，也不能隨便騷擾，因爲他很忙。而艾利西這隻小笨狗出乎意料地乖巧，總是在確認他不忙後才打來，傳完訊息也會乖乖地等，確定他沒事才會再傳訊。

明明沒住在一起，帽犯成性卻覺得自己好像養了隻會乖乖等門的狗狗，他幾乎可以想像艾利西搖著尾巴，一臉期盼等著他回覆的樣子。

他的話不多，也不喜歡聊天，不過這個問題完全難不倒艾利西。每次電話一接通，艾利西便連珠炮似的拚命講話，就算他回應得很冷淡，艾利西依然可以自得其樂地說下去。帽犯成性知道，艾利西不在乎有沒有得到同樣熱切的回覆，只要能說給別人聽，他就會很開心。

帽犯成性很少說自己的事，艾利西卻經常提及自己的近況，自從兩人開始通話後，他得知了許多現實中的艾利西的情報，舉凡年齡、學校、科系，連平常發生的各種瑣事艾利西也會報告。雖然有時會覺得煩躁，不過聽久了倒也習慣了。

「大神大神，我明天起會有三天不在家喔！」

某天，當帽犯成性一邊敲著鍵盤，一邊心不在焉地跟艾利西講電話時，艾利西忽然冒出這句話。

帽犯瞄了顯示為通話中的手機一眼。「不上線的意思？」

「對啊，同系的人找我去幫忙系上的營隊活動，為期三天兩夜，我會想大神的！連同大神想我的份一起想！」

「我不會想你。」帽犯成性一秒以冷漠的口氣打槍。

手機另一頭傳來充滿磁性的笑聲。

兩人有一句沒一句地閒聊完後，帽犯成性掛了電話。

雖然有時會覺得煩躁，但他必須承認，他並不討厭聽這些事。艾利西生活在與他不同的環境，聽著也挺新鮮。

如今艾利西有事要忙，這代表他的耳根子終於能清淨一點了。想到此處，帽犯不禁感到放鬆了些。

然而這種情況就好像放暑假一樣，暑假的第一天大家都很開心，可時間一長，又會讓人渾身不對勁。

帽犯成性陷入了類似的窘境，到了第三天晚上，他莫名一陣焦躁，雖然對著電腦，心思卻不全然放在電腦上。彷彿床墊下有顆豌豆似的，明明床鋪十分舒適，但就是那顆該死的豌豆令他難以成眠。

在帽犯成性準備就寢登入遊戲之際，手機響了。

他向來很討厭有人在這時間打給他，然而還是毫不猶豫地接起了電話。

「大神！」才剛接通，興奮的呼喊便傳來。「大神我回來了喔喔喔！現在幾點？我剛才沒注意，你該不會還在忙吧？」

「……晚上十一點。」

電話那頭傳來吁了口氣的聲音。

「那、那就好……本來想早點打給大神的，可是一回學校就被朋友拖去參加慶功宴，直到現在才回來。唔，打電話的時間好像有點晚了，大神你要睡了嗎？」

帽犯成性瞄了一眼時鐘。「你有十分鐘。」

「沒問題，我只說一下！我這幾天超忙的，居然第一天就遇到下大雨，然後——」

艾利西開始劈里啪啦講起這幾天發生的事，也不管帽犯成性有沒有回應。雖然睡前聽狗狗叫不太有助於入眠，帽犯成性依然坐到床邊，聽著艾利西說話。

不過，才十分鐘不到，某隻剛回家的小笨狗聲音便飄忽起來。

「然後……然後……嗯……那個學妹……」艾利西的嗓音軟綿綿的，語速越來越慢，最後就這樣停了。

「艾利西？」

幾秒鐘後，艾利西才再度出聲，還帶著茫然：「唔？我講到哪了？」

「……學妹。」

「哦對，然後——」話題繼續下去，但沒幾分鐘，艾利西又陷入口齒不清的狀態。「今晚……我……想打那個有鸚鵡的副本……嗯……」

最後，均勻安穩的呼吸聲響起。

「……」帽犯成性沉默地切斷通話，再主動撥過去。

他只等了幾秒，電話便被接聽。

「喂、喂？」艾利西有些驚慌失措，顯然是被鈴聲嚇醒了。

「要打副本就給我先登入遊戲，沒登入是要怎麼打？」帽犯成性不耐煩地提醒。

「對對對，我現在登——哇啊！」

一聲慘叫傳來，接著是一連串物品碰撞聲，手機也發出雜音，接著「砰」的一聲，恢復寧靜。

「你到底在幹麼？」電話那頭顯然發生了慘劇，帽犯成性不禁急躁起來。「艾利西？喂，回答我！」

他聽到一聲哀鳴。

「嗷嗷嗷好痛……」

「是怎樣？你他媽的敢跟我說你是騎車摔倒就死定了。」

「我已經在家裡了啦，痛痛痛……我、我絆到吉他跌倒了……咦？大神你摔去哪了？」

「……」

「哦哦找到了！還好螢幕沒裂！」

「……你給我去睡覺。」

「會啦，我要去睡了，等等見——」

「我是說，你給我老老實實地上床補眠，遊戲明天再打。」

「咦？可是……」

「去睡覺。」

手機再度傳出哀鳴聲。

「如果我乖乖睡覺，明天你會跟我去打副本嗎？」艾利西哀怨地問。

「會。所以現在給我滾上床，你聽是不聽？」帽犯成性冷冷回答。

「聽！」

艾利西掛斷電話後，帽犯成性盯著手機螢幕一會兒，最後緩緩將手機放到床頭櫃上。

有那麼一瞬間，他居然覺得這傢伙天兵得有些可愛，但很快他便打消這念頭。嫌煩都來不及了，怎麼可能會覺得可愛？

這肯定是錯覺。

嗯，肯定是。

後記　相遇在如夢一般的世界

大家好，這裡是草草泥。無論是遊戲還是童話，都是我相當喜歡的事物，於是我將這兩樣事物結合在一起，創作出了《愛麗絲Online》，希望大家還喜歡。

在撰寫這個故事時，因爲希望可以建構出一個不管是誰都可以在其中找到樂趣的網遊世界，結果設定變得有點多，多到讓我在確認校稿內容時，有股想坐時光機回去拍死當初寫第一集的自己的衝動……在編輯的協助下，我很努力地把設定盡量調整得合理了，但坦白說這是我第一次寫網遊，可能還是有許多不足之處，請大家多多包涵。（合掌）

《愛麗絲夢遊仙境》是個相當有趣的故事，在寫《愛麗絲Online》時，最大的收穫大概就是從這部經典作品裡得到的樂趣了。爲何這本書能擁有令人著魔一般的魅力，廣受男女老少所喜愛，這也是我想了解的部分。因此，我花了點時間研究《愛麗絲夢遊仙境》與作者的生平，越看越是著迷。

《愛麗絲夢遊仙境》就像一個萬花筒，每個人都能在其中找到不同的樂趣。有些人沉迷於書中各種與邏輯和數字相關的謎題，有些人則深深沉浸在充滿奇想的世界裡。

而對於這個故事，我也有特別感興趣的地方，那就是愛，作者對愛麗絲的愛。

作者路易斯．卡羅是牛津大學的教授，他相當喜歡小孩，尤其是小女孩。童心未泯的他總是準備了許多能逗孩子開心的謎題與小法寶，並與不少小女孩有書信往來。但毫無疑問的，他最喜歡的小女孩就是愛麗絲。

《愛麗絲夢遊仙境》是某日卡羅與愛麗絲和她的姊妹坐船出遊時，所想出的故事。當他編織著故事內容時，肯定是全心全意地想讓三個小女孩開心，這份心意與對愛麗絲的感情，應該也是使這部作品如此成功的原因之一。

看似荒誕而無厘頭的故事裡，蘊藏著卡羅對愛麗絲隱晦的愛，光是這點就相當耐人尋味。劇情中有幾個當事人才會明白的梗，不過這部分就留待第二集再與大家分享了。

另外，據說《愛麗絲夢遊仙境》的某些角色是有人物原型的，例如愛麗絲毫無疑問就是當年和作者相當親近的小女孩愛麗絲．李德爾，而愛麗絲的姊妹則化爲故事裡的鸚鵡與鷹，也有研究者表示，帽匠是當年住在牛津附近的一位神奇的家具商人。說到這裡，大家會不會覺得這點跟網遊有點像呢？幻想世界裡的每個角色，在眞實世界中都有其原型，而《愛麗絲Online》也是如此。在這個如夢一般的世界裡，大家都暫時放下了現實身分，扮演著另外一個角色。

我認爲網遊的魅力之一，便是在遊戲裡結交來自不同環境的朋友，現實裡不會有交集的人，也許會在遊戲中相識。我玩網遊的時候，也很喜歡跟其他玩家聊自己平常的生活，有人會分享今天在學校裡發生了什麼事，有人則會抱怨自己的工作，還有人會提到自家小孩。大家在現實中都有各自的人生，從閒談裡能夠窺見其他人一部分的現實面貌。

我希望《愛麗絲Online》這個故事也能帶給大家類似的感受，先認識在遊戲世界中的艾利西和帽犯，再一步步認識現實中的他們。不過在此我要先預告一下，這部作品腐的程度會超過《召喚師的馴獸日常》，請大家做好心理準備。畢竟艾利西跟帽犯都是一旦清楚自己想要什麼，就會付諸行動的成年人，所以……所以就下一集再見吧，哈哈哈。

草草泥

國家圖書館出版品預行編目資料

愛麗絲Online. 1, 紅心篇 / 草草泥著. -- 初版. -- 臺北市；城邦原創出版：家庭傳媒城邦分公司發行, 民 107.02
面；　公分

ISBN 978-986-96056-1-8（平裝）

857.7　　　　　　　　　　　　107000410

愛麗絲Online 01 紅心篇

作　　者／草草泥
企畫選書／楊馥蔓
責任編輯／陳思涵

行銷業務／林政杰
總 編 輯／楊馥蔓
總 經 理／伍文翠
發 行 人／何飛鵬
法律顧問／元禾法律事務所　王子文律師
出　　版／城邦原創股份有限公司
台北市中山區民生東路二段 141 號 6 樓
電話：(02) 2509-5506　傳真：(02) 2500-1933
E-mail：service@popo.tw
發　　行／英屬蓋曼群島商家庭傳媒股份有限公司城邦分公司
聯絡地址：台北市中山區民生東路二段 141 號 11 樓
書虫客服服務專線：(02) 25007718．(02) 25007719
24小時傳真服務：(02) 25001990．(02) 25001991
服務時間：週一至週五09:30-12:00．13:30-17:00
郵撥帳號：19863813　戶名：書虫股份有限公司
讀者服務信箱 email：service@readingclub.com.tw
城邦讀書花園網址：www.cite.com.tw
香港發行所／城邦（香港）出版集團有限公司
地址：香港灣仔駱克道 193 號東超商業中心 1 樓
email：hkcite@biznetvigator.com
電話：(852)25086231　傳真：(852) 25789337
馬新發行所／城邦（馬新）出版集團 Cité(M)Sdn. Bhd.
41, Jalan Radin Anum, Bandar Baru Sri Petaling,
57000 Kuala Lumpur, Malaysia.
電話：(603) 90578822　傳真：(603) 90576622
email:cite@cite.com.my

封面插畫／SIBYL
封面設計／蔡佩紋
印　　刷／漾格科技股份有限公司
電腦排版／陳瑜安
經 銷 商／聯合發行股份有限公司
客服專線：(02)2917-8022　傳真：(02)2911-0053

■ 2018 年（民 107）2 月初版　　Printed in Taiwan

定價 / 250元

ISBN　978-986-96056-1-8

城邦讀書花園
www.cite.com.tw